Michel Bergmann

Mameleben

oder das gestohlene Glück

Diogenes

Covermotiv: Gemälde von Kees van Dongen, ›Maria‹, ca. 1907–10
Oil on canvas, 64,8 × 54,3 cm

Der Diogenes Verlag wird vom Bundesamt für Kultur
für die Jahre 2021–2024 unterstützt

www.diogenes.ch
100/23/44/1
ISBN 978 3 257 07225 9

Für Mara und Ari

Alles in diesem Buch ist wahr – und was nicht ganz wahr ist, stimmt trotzdem.

Mit großem Dank an meine Frau Anke.

In der Totenkammer liegt ein weißes Gesicht,
du kannst es aufheben und heimtragen,
aber besser, du verscharrst es im Elterngrab,
bevor der Winter hereinbricht
und das schöne Lächeln deiner Mutter zuschneit.

Thomas Bernhard

Prolog

Es ist das jüdische fünfte Gebot, das bis heute den fundamentalsten Einfluss auf unsere Psyche hat. Über das Gebot, den anderen nicht zu morden oder ihm nichts wegzunehmen, kommen die Menschen erwiesenermaßen genauso gut hinweg wie darüber, seinen Partner nicht zu betrügen. Selbst Neid und Missgunst sind inzwischen gesellschaftsfähig geworden. Auch Gott zu negieren, ihm sogar die Existenz abzusprechen, fällt relativ leicht.

Aber kein Gebot hat so intensiv die DNA der Menschheit infiziert wie: *»Du sollst Vater und Mutter ehren.«* Beim vierten christlichen Gebot noch mit dem perfiden Zusatz: *»auf dass es dir wohlergehe und du lange lebest auf Erden!«*

Hier wird nicht nur, wie bei den Juden, an das Gewissen der Kinder appelliert, sondern auch noch ein Preis ausgesetzt. Wenn du deine Eltern ehrst, wirst du gut und lang leben. Im Umkehrschluss: Wenn nicht, dann wird es dir saumäßig schlecht ergehen, wovon du aber durch Kurzlebigkeit erlöst wirst.

Im Koran heißt es im zweiten Gebot lapidar: *»Und der Herr hat bestimmt, dass man die Eltern ehren soll.«* So kommt es, dass in muslimischen Gesellschaften die Elternliebe überhöhter ist als anderswo. Hier werden Väter durch Handküsse verehrt und Mütter wie Heilige behandelt.

Eigentlich, so sollte man meinen, bedarf es keines Gebotes, um die Eltern zu ehren. Platon spricht bereits vor über 2300 Jahren davon, dass jeder Mensch auf Erden in sich das Urgute trägt. (Ich nehme jetzt einmal den Führer aus.)

So wie es selbstverständlich sein sollte, dass man keine Frösche aufbläst, Menschen nicht ins Knie schießt oder keine Hasskommentare im Internet verbreitet, sollte es Konsens sein, dass man anderen Lebewesen nicht wehtut. *»Was du nicht willst, das man dir tut, das füge keinem anderen zu.«*

So spricht die praktische Ethik, Punkt! Mehr bedarf es nicht als des Kant'schen kategorischen Imperativs in der *Lightversion*.

Aber so ticken wir Menschen nicht. Wir halten uns eher an Regeln, wenn sie von oben kommen, von einer höheren Instanz, von einer göttlichen letztendlich, so hat es zumindest jahrtausendelang funktioniert. Angeblich. So sind Gebote und Gesetze entstanden.

Nur deshalb essen Juden (in der Hitze der Wüste) kein (trichinenhaltiges) Schweinefleisch, fahren am *schabbes* nicht mit dem Auto zur Synagoge (und wenn ja, parken sie zwei Straßen weiter) oder kochen das Lämmchen nicht in der Milch seiner Mutter (als hätte das je schon einer gemacht).

Warum gibt es kein Gebot, das sagt: *»Du sollst deine Kinder lieben«?* Vielleicht deshalb, weil es, bis auf gelegentliche Ausnahmen, in der Tier- und Menschenwelt ein instinktives Verhalten ist, seine Nachkommen zu schützen, sie zu versorgen und für eine Weile ganz lieb zu haben.

Und ist es in der Folge nicht selbstverständlich, dass man die Eltern, die sich so altruistisch kümmern und versuchen, uns zu einigermaßen vernünftigen Wesen zu erziehen, nicht auch gegenliebt? Offenbar nicht, denn sonst bedürfte es nicht dieses, speziell in der Psychoanalyse umstrittenen, Gebots!

Dieses Diktum, nach dem du Vater und Mutter ehren sollst, hat für die erste jüdische Generation nach der Schoa und besonders im Nachkriegsdeutschland eine ganz spezielle Qualität.

Denn es handelte sich in diesem Fall um Eltern, die nicht nur Not, Missachtung, Diskriminierung, Pogrome, Verfolgung und Ghettoisierung ertragen mussten, wie viele jüdische Generationen es immer wieder in den Jahrhunderten zuvor erfahren mussten, sondern diese Mütter und Väter haben eine unvorstellbare Hölle durchlebt.

Sie waren, oft selbst noch Jugendliche, der totalen Vernichtung meist durch Glück und Zufall entronnen, während es Millionen anderen, darunter vielen ihrer Verwandten, nicht gelungen war, der Mordmaschine zu entgehen.

Diese »Schuld«, selbst (unverdient) überlebt zu haben, während die anderen (die Besseren) sterben mussten, hat sich tief ins kollektive jüdische Bewusstsein gefräst. Tradiert dadurch wurde ein unausgesprochener Vorwurf an die angeblich undankbare neue Kindergeneration:

Dafür haben wir überlebt, dass du dich uns gegenüber so benimmst! Ich bin selbst sichtbares Opfer dieser jüdischen »Familienpolitik« und mit mir unzählige meiner Generation.

Meine Mutter brachte es in der Folge der Nachkriegsjahre zu einer Virtuosität im Umgang mit diesem Generalvorwurf. Hier ein paar Beispiele:

»Wenn ich das gewusst hätte, hätte ich lieber nicht überlebt!«

»So, in die Disco willst du? Wir hatten auch Disco im Lager!«

»Für wen habe ich das alles durchgestanden?«

»Da überlebt man, und das ist der Dank!«

»Ich wünsche dir, dass du niemals das durchmachen musst, was ich durchgemacht habe!«

»So, schmeckt dir nicht? Soll ich dir sagen, was wir im Lager hatten?«

»Langweilig ist es hier? Ich kann dir viele nennen, die jetzt gern mit dir tauschen würden.«

Manchmal kam es mir vor, als hätte sie mich nur geboren, um jemanden zu haben, dem sie Vorwürfe machen kann.

Dabei war meine Mutter gleichzeitig eine Weltmeisterin in der Kunst der Nachgiebigkeit. Sie konnte schimpfen und mich bemuttern im selben Augenblick. Sie verfluchte mich, während sie darauf achtete, dass ich warm genug angezogen war, wenn ich nach draußen ging. Sie konnte mir verbieten, meine Freunde zu sehen, und mir das Geld für die Straßenbahn geben. Sie untersagte mir, meine erste Freundin an einem Sonntagnachmittag mit nach Hause zu bringen (schließlich gab es in den Sechzigern noch einen Paragrafen, der Kuppelei unter Strafe stellte!), und stand eine Minute später im Mantel im Flur und rief: »Ich gehe ins Café. Gegen sechs bin ich wieder da und will niemanden hier sehen, ist das klar?«

Sie liebte mich, keine Frage, und wollte mir alles geben,

was ihr verwehrt worden war. Doch es war eine fordernde Liebe. Eine verpflichtende Liebe. Eine unerbittliche Liebe. Eine gnadenlose Liebe. Eine toxische Liebe. Und die Ursache für dieses Buch.

Ein uneinsichtiger Mann

November 2001. Ich gehe den kalten, halligen, mäßig beleuchteten Flur entlang. Ein Neonlicht flackert. An manchen Stellen des Fußbodens wellen sich die Linoleumfliesen. Aus der Ferne sind dumpfe Geräusche, erstickte Schreie und heiseres Lachen zu hören, darüber das penetrante Klappern von rustikalem Geschirr und merkwürdig raue Stimmen.

Ich komme an eine Tür, lese das Schild rechts an der Wand, klopfe. War da eine Reaktion? Ich trete ein.

Doktor Miriam Gurfein ist eine hagere, strenge Frau mit Dutt. Ein Raubvogel in einem weißen Kittel. Sie sitzt in dem kargen, unpersönlichen Raum hinter ihrem Schreibtisch und taxiert mich mit ihrem eisigen, emotionsfreien Blick. Die hässliche grünliche Ölfarbe der Wände verbreitet ein ebensolches Licht, das auch das Gesicht der Frau grünlich wirken lässt. Die Möbel scheinen vom Sperrmüll zu kommen. Ich nenne meinen Namen.

Während die Ärztin auf den leeren Stuhl vor sich zeigt und ich mich setze, fragt sie mit einer messerscharfen Stimme, die jegliche Anteilnahme vermissen lässt:

»Sie wissen, warum Ihre *Maman* bei uns ist, Monsieur?«

Dabei blättert sie beiläufig in einer Krankenakte und hält beim Runterschauen den Bügel ihrer Brille fest. Diese wiederum ist an einem Kettchen befestigt, das sie um den Hals trägt. Vor solchen Frauen sollte man gewarnt sein. Ich glaube einen aggressiven Unterton zu bemerken, bleibe aber gelassen.

»Ja«, antworte ich, »wegen der Tabletten. Der Schlaftabletten. Sie hat zu viele davon genommen. Aus Versehen, wie sie sagt.«

»Aus Versehen? Aus Versehen nimmt man zwanzig Tabletten?«

Die Ärztin beugt sich vor, starrt mich an. »Sind Sie blind, Monsieur? Ihre Mutter hat einen Selbstmordversuch hinter sich. Ihre Mutter hatte vor, sich umzubringen!«

Damit wirft sie angewidert die Krankenakte auf meine Seite des Schreibtisches.

»*Voilà!* Sie hat sich Schlaftabletten verschreiben lassen und gestern Abend alle genommen, auf einmal. Es ist purer Zufall, dass sie noch am Leben ist. Wenn die Nachbarin nicht nach ihr geschaut hätte …«

Ich scheine blöd zu glotzen, denn sie fährt gleich fort:

»Aber bitte, machen Sie sich nur etwas vor. Das ist typisch. Ich erlebe das jeden Tag. Die Angehörigen sind nicht in der Lage, die Wahrheit zu erkennen. Das wäre ja ein Schuldeingeständnis.«

»Das verstehe ich jetzt nicht«, sage ich mit steigendem Unmut. »Was heißt Schuldeingeständnis? Ich habe mir nichts vorzuwerfen. Meine Mutter hat Depressionen, ich übrigens auch. Und mein Sohn ebenfalls. Eine beliebte Familientradition.«

Sie lächelt noch nicht einmal. Humorlose Menschen sind gefährlich. Und humorlose Jüdinnen lebensgefährlich!

Sie sieht mich an, und ich weiß genau, was sie denkt: Dieser aufgeblasene, arrogante Schnösel! Genau der Typ Großstadtjude, den ich hasse! Sie ist voller Vorurteile, diese kleine, elsässische Provinzpomeranze! Die jüdische Bauernprinzessin, die zwar in Paris studiert hat, aber dann wieder rasch zurückkam in ihr verschissenes Nest, weil da bestimmt ein Ehemann auf sie gewartet hatte, den sie heiratete, es war bestimmt alles arrangiert, sonst hätte sie eh keiner genommen. Gurfein hat sie, welch ein Wunder, mit der polnischen Putzfrau betrogen, und jetzt lebt sie mit ihrer keifenden Mutter zusammen, die ihr jeden Tag Vorwürfe macht. So oder so ähnlich hat es sich abgespielt, da bin ich sicher. Das alles kann ich in ihrem verhärmten Gesicht lesen.

»Monsieur, warum, glauben Sie, ist Ihre *Maman* depressiv, hm? Haben Sie sich einmal darüber Gedanken gemacht?«

»Selbstverständlich«, sage ich. »Das tägliche Leben hat sie abgelenkt, sie hatte Aufgaben. Aber nun, je älter sie wird, umso länger werden ihre Tage, umso näher kommt die Vergangenheit. Die Kindheit, die Verfolgung, das Lager, die Toten. Die Trauer um das Versäumte. Ihre Krankheit.«

Sie schaut mich schweigend und unerbittlich an.

»Verstehe, Sie glauben, es sei meine Schuld«, füge ich rasch an. »Damit machen Sie es sich aber zu leicht und vergessen, dass –«

»Es ist die Einsamkeit, Monsieur«, fällt mir die Ärztin ins Wort, »Ihre Mutter hat sich heute Mittag bei mir beklagt, wie wenig Sie sich kümmern. Sie melden sich wochenlang nicht bei ihr. Sie interessieren sich nicht für ihr Leben.«

Sie macht eine bewusste Pause und schaut mich feindselig an. »Sie sind ihr einziges Kind, alles, was sie hat. Und Sie verhalten sich leider nicht wie ein jüdischer Sohn sich verhalten sollte seiner alten, kranken Mutter gegenüber!«

Ich atme tief durch, reiße mich zusammen. »Ich lebe in Hamburg und in Südfrankreich, sie lebt in Strasbourg! Ich bin viel unterwegs, beruflich, auch im Ausland.« Meine Säuernis steigert sich.

»Wir telefonieren jeden Sonntag miteinander, ich komme, sooft ich kann. Das ist nicht leicht für mich. Sie wohnt nicht gerade um die Ecke. Ich habe ihr schon vor Jahren angeboten, zu uns zu ziehen. Aber sie will es nicht. Einen alten Baum verpflanzt man nicht, sagt sie immer.«

»Dann hätten Sie sich durchsetzen sollen. Vermutlich hat sie das auch erwartet. Auch gegen Ihre Frau!«

»Was hat das bitte schön mit meiner Frau zu tun?«

»Ihre Frau lehnt Ihre Mutter ab.«

»Lächerlich, es war sogar die Idee meiner Frau, dass meine Mutter umziehen sollte, damit wir näher beieinander sind.«

»Das hat mir Ihre *Maman* anders erzählt.«

»Sie müssen nicht alles glauben, was sie sagt. Es ist eher umgekehrt. Meine Frau ist allerdings loyal mir gegenüber, und sie erkennt, wie sehr ich unter meiner Mutter und ihren Manipulationen leide. Sie ist die Ursache für viele meiner Macken. Und meine Mutter ist eifersüchtig auf meine Frau. Wenn meine Frau nicht wäre, so stellt sie sich vor, könnten wir zusammenleben.«

Sie schaut mich emotionslos an.

»Mein Vater ist früh gestorben«, spreche ich weiter.

»Deshalb hat sie mich auch zu ihrem Partner gemacht. Mal unreifes Kind, mal vertrauter Freund, mal Ratgeber. Ich war total überfordert. Das werden Sie wohl alles kennen, als Psychologin.«

»Sie werfen ihr vor, dass sie nicht die Mutter war, die Sie sich erhofften. Und deshalb rächen Sie sich jetzt an ihr«, bestimmt Frau Dr. Gurfein. Sie setzt ein abfälliges Lächeln auf und fügt hinzu: »Der alte Reflex.«

»Reflex! Rächen! Quatsch! Aber meine Frau ist für meine Mutter eine Konkurrentin. Und meine Frau leidet, weil ich mich nicht wehren kann gegen sie. Egal was meine Mutter tut, ich halte sie in gewisser Weise für unantastbar. Das fünfte Gebot, wenn Sie verstehen. Eine Art Mutterschutz. Sakrosankt. Eigentlich gehöre *ich* hierher in Ihre Klinik!«

Sie lächelt selbstverständlich nicht bei meiner launigen Bemerkung. Ich spreche weiter: »Okay, noch etwas: Meine Mutter hat eine Gabe, beleidigende, unverschämte, ja infame Dinge zu sagen und dabei naiv und hilflos zu klingen und einen anzuschauen wie ein Robbenbaby. Meine Mutter glaubt, die ganze Welt sei ihr etwas schuldig.«

Die Ärztin sieht mich nur an.

»Und was die Einsamkeit betrifft, meine Mutter hat übrigens keine Freundinnen oder das, was man darunter versteht, denn sie ist davon überzeugt, Freundschaft sei eine Bringschuld. So ist die Faktenlage, Madame.«

»Verzeihen Sie, aber Ihre *Maman* war vor ein paar Stunden fast tot, und Sie sitzen hier und haben nicht Besseres zu tun, als über sie herzuziehen? Sie sollten sich schämen.«

Jetzt, als die Ärztin wieder nach der Krankenakte greift, nehme ich Fahrt auf.

»Sie kennen meine Mutter zwanzig Stunden, davon war sie zehn im Koma! Sie kennen mich nicht, Sie wissen nichts von unserem Verhältnis und erlauben sich ein Urteil? Sie haben mich gerufen, um mir was über den Zustand meiner Mutter zu sagen, und beschimpfen mich stattdessen! Und fallen auch noch über meine Frau her. Und das nur, weil meine verwirrte Mutter, die an Schläuchen hängt, in ihrem Zustand irgendetwas Unhaltbares vor sich hin brabbelt. Sie würde alles behaupten oder zugeben oder unterstellen. Und Sie merken das nicht einmal? Weil Sie es nicht merken wollen. Weil Sie ein schiefes Bild haben, dass Sie behalten möchten. Eine schöne Psychologin sind Sie!«

»Sind Sie jetzt fertig?« Die Ärztin sieht mich angriffslustig an. »Wissen Sie, was symptomatisch ist? Sie haben sich bisher nicht einmal nach dem Gesundheitszustand Ihrer Mutter erkundigt!«

»Ich hatte keine Gelegenheit, liebe Frau Doktor! Sie sind ja gleich wie eine Furie über mich hergefallen und haben mir den Selbstmordversuch vorgeworfen! Schon vergessen?«

»Monsieur, Sie haben ja noch nicht einmal gemerkt, dass Ihre Mutter selbstmordgefährdet ist. Macht Sie das nicht nachdenklich?«

»Gute Frau, wenn man es vorher merken würde, wären Sie arbeitslos! Jeden Tag werden hier Menschen eingeliefert, die sich umbringen wollten. Ich finde es schon ziemlich befremdlich, die Angehörigen pauschal dafür verantwortlich zu machen.«

»Monsieur, *je vous en prie,* es gibt untrügliche Signale, aber Sie –«

»Ich wohne nicht hier, verdammt! Ich komme drei- bis viermal im Jahr zu meiner Mutter.«

»Genau das ist es doch!«

»Tatsächlich? Wenn ich fünfmal kommen würde, hätte sie keine Schlaftabletten genommen? Wollten Sie das sagen?«

»Lassen Sie uns das beenden. Sie sind ein uneinsichtiger Mann, der sofort laut wird, wenn er sich angegriffen fühlt. Ihre Mutter hat Sie genau so beschrieben.«

Die Spanische Grippe

Der 14. März 1916 ist ein Dienstag. Als Charlotte, meine Mutter, geboren wird, ist ihr Vater im Krieg. Allerdings nicht an der Front, sondern hinter den Linien. Er ist für den Nachschub zuständig, für die Lebensmittelversorgung der Truppe in Frankreich. Heinrich Meinstein, der »Heiner«, ist ein guter Soldat, ein braver Deutscher, kaisertreu. Dass er Jude ist, fällt nicht ins Gewicht. Er ist ein Kamerad wie jeder andere. Er ist beliebt, ein guter Kartenspieler, trinkfest. Ein kräftiger, lebenslustiger Kerl.

Nach ein paar Monaten bekommt er Heimaturlaub und sieht seine kleine Tochter zu Hause in Zirndorf zum ersten Mal. Liebevoll hält er sie im Arm. Ein süßes Mädchen mit schwarzen Haaren und dunklen Knopfaugen, das neugierig zu dem fremden Mann mit dem Schnauzer in der feldgrauen Uniform aufschauen. Die Mutter ist seit der Geburt des Kindes schwach, die Lebensmittel sind rationiert. Die älteren zwei Geschwister helfen bei der Versorgung der neugeborenen kleinen Schwester.

Zweieinhalb Jahre später ist der Krieg vorbei. Kurz vor Lottes drittem Geburtstag stirbt ihre Mutter an der Spanischen Grippe. Die Entbehrungen waren zu groß, sie hat keine Kraft mehr.

Diese mörderische Grippe, die ab 1918 durch eine Mutation des Influenzavirus verursacht wird, breitet sich unaufhaltsam auf dem europäischen Kontinent aus. Angeblich beträgt die Zahl der Todesopfer über dreißig Millionen, mehr, als dem Ersten Weltkrieg zum Opfer gefallen sind. Damit ist die Auswirkung dieser Pandemie ohne Übertreibung mit der Pest von 1348 vergleichbar, die damals mehr als ein Drittel der Bevölkerung dahingerafft hat.

Eine Besonderheit der Spanischen Grippe ist es, dass ihr vor allem jüngere Menschen erliegen, während Influenzaviren ansonsten eher die Alten gefährden.

Wie unter Juden üblich, speziell auf dem Land, sucht man für den trauernden Witwer rasch eine neue Frau, die auch den Kindern eine gute Mutter sein kann. Hedy Rieser ist diese ideale Person, eine kluge junge Frau aus der Nachbargemeinde Fürth, aus gutem Hause, dazu Cousine des berühmten Schriftstellers Jakob Wassermann. Sie wird Lotte und ihren Geschwistern eine herzensgute Mutter sein und die liebende Ehefrau von Heinrich.

Sie wird an seiner Seite bleiben, bis beide gemeinsam im Dezember 1941 nach einer endlosen Fahrt in einem überfüllten Viehwaggon bei ihrer Ankunft in Riga vom SS-Einsatzkommando III erschossen werden. Heinrich Meinstein trägt demonstrativ das Eiserne Kreuz aus dem Ersten Krieg an seiner Brust.

Noch aber ist das Leben voller Hoffnung. Die Zwanzigerjahre bringen nicht nur Eheglück, sondern auch wirtschaftlichen Erfolg. Die Familie gehört zu den wohlhabenden der Gemeinde. Lotte wächst als ein freies, wildes Mädchen auf, das mit den Jungen rauft, Fußball spielt und sich auf der nahen Burgruine herumtreibt, wo die Kinder ›Wallenstein gegen Gustav Adolf‹ spielen. Die ›Alte Veste‹, die Anhöhe rund um die Burg, ist im Dreißigjährigen Krieg Schauplatz einer Schlacht zwischen den kaisertreuen Truppen unter Wallenstein und den schwedischen Truppen unter König Gustav Adolf. Nach zwei Tagen schweren Gefechts und Tausenden von Toten auf beiden Seiten wird die Schlacht durch die Schweden abgebrochen. Die Kinder spielen nicht nur die Schlacht nach, sie bringen sie ordentlich zu Ende: mit Wallenstein, dargestellt von meiner Mutter, als Sieger, keine Frage.

Lotte ist ein Siegertyp. Sie ist kaum zu bändigen. Ihre Erfüllung findet sie in einer Amateur-Theatertruppe, wo sie oft die Hauptrollen ergattert. Mal als Kleopatra, einmal sogar als Jungfrau Maria in einem Weihnachtsstück und immer wieder als ihr Idol, der Star aus dem *Blauen Engel,* Marlene Dietrich.

Obgleich man das Judentum pflegt, die Feiertage und den Schabbat hält und die Kinder die jüdische Sonntagsschule besuchen, versteht sich Heinrich Meinstein als deutscher Liberaler, der seinen Kindern nur die beste Ausbildung zukommen lassen will. Daher ist es für ihn selbstverständlich, dass die Söhne das hiesige humanistische Gymnasium besuchen, die Töchter die damals anerkannteste Mädchenschule.

Gegründet in Anlehnung an das Original von Mary Ward entwickelte sich das Bildungsinstitut für Mädchen so rasch, dass ab 1924 das *Mädchenlyzeum am Institut der Englischen Fräulein* in Nürnberg das erste katholische Mädchenlyzeum Frankens wird und es eine Auszeichnung ist, an dieser renommierten Schule aufgenommen zu werden. Katholisch zu sein ist keine Bedingung, es gibt viele jüdische Familien, die ihre Töchter dort hinschicken. Die Anzahl der jüdischen Schülerinnen beträgt im Jahr 1933 über zweihundert.

Doch die Schule ist den Nationalsozialisten ein Dorn im Auge, und so wird sie bereits im zweiten Halbjahr nach der Machtergreifung geschlossen. Nichtjüdische Schülerinnen können ihre Abiturprüfungen in anderen Instituten ablegen, den jüdischen bleibt das verwehrt. Lotte muss ihren Traum, Kinderärztin zu werden, aufgeben.

Von der Heimat verraten

Charlotte ist siebzehn. Sie steht neben dem Sportplatz und starrt auf ihre Freundinnen, die Völkerball spielen. Im Hintergrund flattert eine Hakenkreuzfahne.

»Mir dürfen fei nimmer mit dir spielen«, haben sie ihr vor ein paar Minuten nicht unfreundlich klargemacht, »weilst a Jüdin bist!«

Das Mädchen ist verwirrt. Was soll das heißen? Was ist mit der Theatergruppe? Darf sie da auch nicht mehr hin? Ausgerechnet sie, der »Star« der Truppe? Seit sie denken kann, lebt sie in diesem Ort, geht hier zur Schule, hat ihre Freundinnen, die Margot und die Traudel. Zirndorf ist ihre Heimat. Hier ist sie geboren. Seit Generationen lebt ihre Familie hier. Man geht zum Kegeln, ist im Schützenverein. Hedy, die Stiefmutter, gibt nachmittags Nachhilfeunterricht im katholischen Waisenhaus.

Der Vater, der »Heiner«, der »Viehjud«, ist ein angesehener Bürger, war bis vor Kurzem als Schatzmeister im Gemeinderat. Hat das Eiserne Kreuz, war Offizier im Krieg, wurde bei Verdun verletzt, fürs Vaterland.

Tante Rosel hat eine persönliche Auszeichnung vom Kaiser. Sie war Frontschwester. Jetzt, wo die Nazis das Sagen haben, gilt das mit einem Mal nichts mehr? Wo sind die Freunde vom Stammtisch geblieben?

»Juden sind hier unerwünscht«, hat der Wirt gesagt.

Wenn der Vater das schon nicht begreift, wie soll es seine Tochter verstehen? Am Abend kommt der Ludwig nach Hause, der älteste Bruder. Er ist zusammengeschlagen worden von der SA.

Die Erklärung, wie es dazu gekommen war, übermittelt mir ein befreundeter Historiker achtundachtzig Jahre später:

Ein gut dokumentierter Vorfall, der die beginnende Entrechtung der jüdischen Bürger zeigt, ereignete sich in den letzten Apriltagen 1933. Vorausgegangen war ein auf dem Land durchaus übliches Geschehen. Der Schmied und Landwirt Kaspar Reiss aus Burggrafenhof hatte vom Zirndorfer Viehhändler Heinrich Meinstein 1931 für 365 Reichsmark auf Kredit eine Kuh gekauft, allerdings in den folgenden beiden Jahren nur zwei Raten zu je 120 Mark abbezahlt. Meinstein klagte auf Herausgabe der Kuh, gewann den Rechtsstreit und verkaufte das Tier darauf für 215 Reichsmark an den Landwirt Wassner in Stinzendorf.

Am 28. April 1933 kamen SA-*Männer zu Meinstein, um ihn in Schutzhaft zu nehmen, obwohl sie in keiner Weise dazu berechtigt waren. Schutzhaft musste zu dieser Zeit vom zuständigen Bezirksamt angeordnet und von der Gendarmerie durchgeführt werden. Die Tochter des Viehhändlers, Sophie Meinstein, ging daher zur örtlichen Polizeistation und erreichte, dass* NSDAP-*Ortsgruppenführer Eichner den* SA-*Leuten Einhalt gebot. Die* SA-*Männer ergriffen darauf den zwanzigjährigen Sohn Ludwig Meinstein und verschleppten ihn auf einem Motorradgespann. Trotz der Schreie des jungen Mannes griff die Polizei nicht ein. In einem Raum im Fürther Rathaus wurde Meinstein physisch und psychisch misshandelt, sodass er einen Nervenzusammenbruch erlitt. ›Mein Sohn mußte einen Revers unterschreiben, daß er von dem Vorfall niemanden etwas sage, daß er eine bestimmte Summe (240 M. und 90 M.) aus einem Viehverkauf an den Landwirt und Milchhändler Reiss in Burggrafenhof zurückzahle und daß er schleunigst Zirndorf verlasse‹, gab Heinrich Meinstein vor dem Bezirksamt Fürth zu Protokoll. Gegen Kaspar Reiss und seinen Sohn Konrad wurde Strafanzeige gestellt, die jedoch im Sande verlief. (Auszug aus dem Buch »Mehr als Steine«, Synagogen-Gedenkband Bayern, Band* II *Mittelfranken, Kunstverlag Josef Fink, 2010)*

Heinrich Meinstein verschließt, so wie die meisten deutschen Juden, die Augen. »Das geht vorbei«, sagt er, »die meinen nicht uns. Die meinen die Ostjuden. Die Kaftanjuden. Die sind ihnen halt ein Dorn im Auge.«

Onkel Jakob ist ein berühmter Schriftsteller. Doch seine Bücher sind verboten und verbrannt worden. Er fährt mit seinem schicken Adler-Cabriolet vor und nimmt die junge Charlotte mit nach Laupheim, wo er einen Freund aus Amerika erwartet, Carl Laemmle. Der kommt jedes Jahr rüber in die alte Heimat, die er als junger Mann verlassen hat.

Dieser Carl Laemmle ist inzwischen ein berühmter Filmproduzent, besitzt die Universal-Studios. Hat Filme wie

Dracula oder *Frankenstein* produziert. Aber auch *Im Westen nichts Neues,* was den Nazis gar nicht gefallen hat. Den haben sie sofort verboten, als sie an die Macht gekommen sind. Der Mann aus Amerika schaut das hübsche Mädchen lang an. »Ha, Lotte, bist du groß geworden, und schön bist du auch. Komm halt rüber zu mir nach Hollywood.«

Das Mädchen lacht.

»Ich in Hollywood, was soll ich denn da?«

»Was willst du hier«, fragt der Mann, »hier hast du doch keine Zukunft.«

»Dann kommt sie zu uns nach Österreich«, sagt Onkel Jakob und legt seinen Arm um Charlottes Schulter. Sie lächelt ihn an, den schönen, eleganten Mann mit dem dunklen Schnauzer. Sie ist so stolz auf den berühmten Onkel. Aber ein halbes Jahr später ist er tot, der Jakob Wassermann. Und irgendwann sind die Nazis auch in Altaussee und schänden sein Grab. Da lebt Charlotte bereits in Paris.

Sie haben ihr das Gymnasium verboten. Ein halbes Jahr vor dem Abitur. Deshalb ist sie Ende dreiunddreißig fortgegangen aus ihrer Heimatstadt, die sie nie mehr wiedersehen wird.

Dann kommt der 9. November 1938, und neun Jahre später wird eine Frau Maria Gönninger folgende Aussage vor den US-Behörden machen:

Es war in der Kristallnacht und ich sah, wie Herr und Frau Meinstein ihre eigenen Möbel zum Fenster Fürther Str. 13 hinauswerfen mussten. Ich glaubte erst, die

beiden seien verrückt geworden. Dann wurde alles auf einen Leiterwagen getan, drum herum SA-Männer und sie mussten alles in die Synagoge bringen. Von allen Seiten kamen die Juden von Zirndorf und taten das gleiche. Nun mussten sich sämtliche Juden in der Nähe aufstellen und die Synagoge wurde angesteckt und brannte ab. Dann brachte die SA in einem Stall von dem Herrn Meinstein, der außerhalb lag, sämtliche Leute unter. Dort waren dieselben einige Tage eingesperrt, dann ließ man sie laufen, so wie sie waren, ohne Hab und Gut, notdürftig bekleidet. Ich hörte dann, dass die Meinsteins sich an die Mutter, Frau Rieser, gewandt haben. Seit 1933 ging es den Meinsteins schon sehr schlecht. Oft erzählte mit Herr Meinstein, mit dem ich per Du war, denn ich war schon angestellt bei seinem Vater, ich kenne also die Familie schon 60 Jahre, denn wenn Herr Meinstein in dieser Zeit einmal bei einem Schuldner sein Geld wollte, bekam er zur Antwort: ›Jud, wenn du dein Geld willst, treffen wir uns im Braunen Haus!‹
Dies alles und noch viel mehr könnte ich über das Elend der Familie Meinstein aussagen, aber das Herz tut mir weh, wenn ich nur daran denke, denn ich bin jetzt über 80 Jahre und war doch mein ganzes Leben mit der Familie zusammen.

Fünfzig Jahre nach dem Ende des Zweiten Weltkriegs hat auch Zirndorf wie viele deutsche Gemeinden ihre ehemaligen jüdischen Mitbürger wiederentdeckt, aus aller Welt eingeladen und um Vergebung gebeten, aber Charlotte wollte das nicht. Bis auf eine Schwester, einen Bruder und ihre Cousine Thea ist die gesamte Familie ermordet worden.

Vor ein paar Jahren, meine Mutter war bereits gestorben, fahre ich mit meiner Frau nach Zirndorf, um mir die Heimatstadt meiner Mutter anzusehen. Ich tue dies mit einem schlechten Gewissen, denn meine Mutter wäre sicher nicht begeistert von der Idee. Aber da sie nie willens war, nach Zirndorf zurückzukehren und mir die Schauplätze ihrer Kindheit und Jugend zu zeigen, mache ich mich selbst auf den Weg. Aus schriftstellerischer Neugier und aus Sentimentalität.

Ich hatte vorab lediglich eine »Geschichtswerkstatt« informiert, um das Wohnhaus der Familie, die Synagoge und die Schule meiner Mutter zu finden. Das war ein Fehler.

Wir werden empfangen wie Charles und Camilla! Im Rathaus der Stadt lässt es sich der freundliche Bürgermeister nicht nehmen, uns im Namen aller Bürgerinnen und Bürger willkommen zu heißen.

Bei warmem Sekt und eiligst herbeibefohlenen Schnittchen, mit allerlei *chaseresch* belegt, wie meine Mutter gesagt hätte, werden Reden gehalten und dabei auf die fruchtbare Symbiose zwischen jüdischen und christlichen Bürgern verwiesen, die durch die bösen, bösen Nazis zerstört wurde.

Gerade die Familie meiner Mutter war es, die über Generationen hinweg immer wohltätig war und sich eingesetzt hat für die Ärmsten der Gesellschaft, egal, welcher Konfession sie auch angehörten. Das wird ausgiebig gewürdigt. Wir lassen all diese Lobhudeleien über uns ergehen, bis schließlich der Bürgermeister die Worte findet, die meine Mutter zur Weißglut gebracht hätten:

»Seien Sie dafür bedankt, dass Sie den Bürgern der Stadt Zirndorf die Hand zur Versöhnung reichen!«

»Nein, mein Herr«, würde meine Mutter gesagt haben, »das tue ich nicht, und das kann ich nicht. Ich habe mich nicht mit Ihnen zu versöhnen. Vergeben können nur die Toten!«

So ähnlich, wesentlich diplomatischer allerdings, fällt meine Antwort aus.

Als ich den Bürgermeister zur Seite nehme und nach Dokumenten und Akten von damals frage, wird er schmallippig. Die Amerikaner hätten, als sie die Stadt besetzten, alle Akten aus dem Fenster geworfen und vernichtet. So habe man ihm berichtet. Diese bescheuerten Amis! Werfen Naziakten aus dem Fenster. In einer Stadt vor den Toren von Nürnberg! Ich zwinkere dem Bürgermeister ungläubig zu.

Müßig zu erwähnen, dass wir das Elternhaus meiner Mutter nicht besichtigen dürfen, weil die jetzige Eigentümerin darauf besteht, dass sie uns nicht einlassen muss. Ich versuche in den Hof zu schauen, von dem meine Mutter mir erzählt hat. Hier hat sie mit dem Seppel gespielt, dem großen, gemütlichen Hund, hier wurde die Wäsche gewaschen und zum Trocknen aufgehängt. Und war gleich wieder schmutzig, weil die ungezogenen Kinder Fußball spielten.

Ebenso wenig bekommen wir Zutritt zur ehemaligen Synagoge, in der vieles noch erhalten sein soll. Offenbar ist sie jetzt eine physiotherapeutische Praxis mit *mikwe*.

Im Museum der Stadt gibt es eine »Jüdische Abteilung«,

wo Kultgegenstände und weitere Preziosen aus dem reichen jüdischen Leben der Gemeinde zu besichtigen sind. Viele der Ausstellungsstücke sind vermutlich von meiner Familie »gespendet« oder aus »unbekanntem Besitz«.

Und dann gibt es noch die nette Frau Lederer, die mit Mann und Kind im ehemaligen Haus meines Urgroßvaters lebt. Ein imposantes Anwesen, stilvoll restauriert. Einige Möbel stammten noch von ihm, wie sie mir aufgekratzt erklärt! Ja, sie besitze auch noch das Original der Schenkungsurkunde meines Urgroßvaters an meinen Großonkel Isaak Meinstein. Von 1892.

Ich halte das alte Dokument gerührt in den Händen und bitte um eine Kopie. Sie sagt es zu, die Kopie kommt nie.

Denn als wir im Hof meines Urgroßvaters unter einer eindrucksvollen Kastanie sitzen, Laugenbrezen essen und selbstgemachten Obstwein trinken, nähert sich der dreizehnjährige Sohn der Familie und fragt seine Mutter: »Mutti, nimmt der Mann uns jetzt das Haus weg?«

»Allmächt!«

Frau Lederer wirkt geschockt.

Eine Stille, die wehtut, legt sich über uns. Herr Lederer hüstelt, die Gattin ist verlegen, bis ich sage:

»Nein, ich nehme euch das Haus nicht weg. Deine Eltern haben es rechtmäßig erworben und liebevoll hergerichtet, aber die Leute, denen es vorher gehört hatte, die haben Unrecht getan. Doch das ist lang vorbei.«

Als wir die Stadt verlassen, ist meine Sentimentalität verbitterter Wut gewichen. Wie recht hatte meine kluge Mama, diese Stadt nie mehr betreten zu wollen. *Mach Schabbes davon,* hätte sie gesagt. Oder »das hat keinen sittlichen Nährwert«! Ihr Lieblingsspruch.

Im Exil

Paris, die Stadt des Lichts, die Stadt der großen Revolution, ist in den Dreißigerjahren alles andere als ein Hort der Freiheit, der Gleichheit und der Brüderlichkeit. Flüchtlinge, Exilanten, besonders die jüdischen, haben es schwer. Die faschistischen Kräfte wüten in der Presse und in der Gesellschaft. Die Pariser haben Angst um ihre Arbeitsplätze, und eine legale Anstellung zu finden ist für geflüchtete Juden fast unmöglich. Schon gar für ein Mädchen von siebzehn, das zwar Schulfranzösisch spricht, aber den Unterschied zwischen Sprechen und Verstehen bitter erfahren muss.

Aber Lotte hat Glück: Der Sohn eines Geschäftsfreundes des Vaters aus Berlichingen, der auf den »typisch jüdischen« Vornamen Siegfried hört, hat bereits in den Zwanzigern eine Metzgerei im Marais eröffnet. Nicht koscher, aber auch kein Schwein, Pferd oder Wild. Dort kann Charlotte die ersten Monate arbeiten.

Sie sitzt an der Kasse, lernt die Zahlen und sagt *»Bonjour, Madame, merci, Madame«*. Doch die Fremdenpolizei kontrolliert gnadenlos die Läden, Restaurants und Geschäfte im jüdischen Viertel, wissend, dass hier viele Flüchtlinge aus dem Reich untergekommen sind.

Für die Franzosen sind das *boches* und keine verfolgten

Juden. Wenn es umgekehrt wäre, würde es allerdings auch nichts ändern. Seit der Dreyfus-Affäre ist offensichtlich, wie »beliebt« Juden in Frankreich sind. Das Schicksal von Alfred Dreyfus, dem jüdischen Hauptmann, der 1894 unschuldig als Spion verurteilt wurde, treibt Franzosen jeder politischen Couleur nach wie vor um. Es gibt sogar eine antisemitische Partei in der Nationalversammlung und diverse entsprechende rechte Zeitungen mit Überschriften wie:

Les juifs sont notre malheur!

Charlotte schläft auf einem schmalen Feldbett bei ihrer Cousine Thea, die gemeinsam mit ihrem Verlobten Alfred Levy in einer engen Hinterhauswohnung in der Rue de Saintonge untergekommen ist. Einhundert ausgetretene Stufen führen nach oben. Und die drei sind wiederum illegale Untermieter der Familie Fischler, die im Erdgeschoss des Vorderhauses eine Pelzhandlung betreibt. Der Vater, Moische Fischler, lebt bereits seit dem Ersten Weltkrieg in Frankreich, aber es ist den Franzosen nicht gelungen, ihn für die Sprache Molières zu begeistern.

So verständigt sich Herr Fischler in einer Art von jiddischem Esperanto: *»A giten bonjour an votre Monsieur. Attention aufm escalier (Treppe), vite hat man sich gebrochen a jambe (Bein). La petite Lotte, elle est la poubelle (frz.: der Mülleimer, er meint aber »plus belle«, die Schönste) vom ganzen quartier.«*

Wann sie meinen Vater zum ersten Mal trifft, weiß sie später noch genau. Er betreibt mit seinen Brüdern David, Oskar, Isy, Michel und der Schwester Rosa ein Wäschegeschäft im

Carreau du Temple, am *plezl,* in einer großen Markthalle an der Rue Perrée.

Er heißt eigentlich Emanuel, wird aber »Peter« genannt, weil er blond ist und arisch aussieht, was sich als sein Glück herausstellen wird.

In diesen Jahren gibt es viele jüdische Frauen und junge Mädchen, die sich als Näherinnen betätigen. Sie bekommen von ihren Auftraggebern eine Nähmaschine und Rohware gestellt und können so unauffällig in Heimarbeit Tischdecken, Servietten, Handtücher und Bettwäsche nähen.

Als Charlotte um Arbeit nachfragt, verliebt sich der geschiedene, zwanzig Jahre ältere Mann sofort in sie. Das scheint ihr zu schmeicheln. Sie bekommt einen Job als Näherin, und die beiden gehen einige Male miteinander aus. »Gelaufen« sei nichts, wie sie später entrüstet betonen wird.

Einmal die Woche kommt sie zum *plezl,* liefert ihre Heimarbeit ab und erhält ihren Lohn. Jedes Mal hofft sie, den Peter zu sehen, aber nicht immer ist er da. Seine Brüder machen sich schon lustig.

David lädt sie ins Bistro an der Ecke ein, auf einen *Grand crème,* und sie stellt fest, wie charmant er ist. Wesentlich humorvoller und positiver als der eher schwermütige, tiefsinnige Peter. Aber wer versteht schon die Sprache des Herzens? Davids Balz scheitert kläglich.

Er berichtet ihr, dass sein älterer Bruder immer wieder mit dem Nachtzug nach Frankfurt fährt, um sich des Geschäfts anzunehmen, das ihnen nicht mehr gehört.

Das Wäschehaus »Gebrüder Bergmann« ist inzwischen in arische Hände übergegangen, und der lächerliche Kaufpreis ist für die sogenannte »Reichsfluchtsteuer« fast draufgegangen, der Rest in Paris rasch versickert, aber die Buchhalterin Frau Michel ist geblieben und arbeitet jetzt für den neuen Eigentümer. Die treue Seele aus guten Zeiten (eine anständige *gojete*, wird es später heißen) zwackt immer wieder heimlich ein paar Mark ab, die Peter sicher verwahrt nach Frankreich bringt. Dabei hilft es ihm, dass er einen gefälschten Pass besitzt, angeblich aus dem Elsass stammt, *gojisch* aussieht und gekonnt mit französischem Akzent spricht.

Die deutschen und französischen Zollbeamten, die den fahrenden Zug von oder bis nach Bar-le-Duc begleiten und die Passagiere unterwegs streng kontrollieren, sind jedenfalls arglos.

Mit der Zeit kennt man den deutschen Kaufmann und behandelt ihn bevorzugt, wie es sich unter »Volksgenossen« gehört. Dass Peter Bergmann nicht nur der Geschäfte wegen regelmäßig nach Frankfurt reist, wird sein Geheimnis bleiben, bis kurz vor seinem Tod.

Intensiv

Ich habe mir einen Stuhl herangezogen und sitze neben ihrem Bett. Ich rede leise mit meiner Mutter. Im Bett neben ihr liegt eine Frau um die sechzig. Was Diskretion angeht, so ist meine Mutter mit den Jahren hemmungslos geworden. Sie zieht über Leute her, in diesem Fall über ihre Zimmernachbarin, als wären diese nicht im Raum. Das ist mir extrem unangenehm, aber meine Mutter ist gnadenlos. Zur Tarnung spricht sie Jiddisch.

»Gib a kick, schau dir jenne an«, sagt sie, *»a mieses stick. Der risches kimmt ihr doch schojn arojs vin die Ohren!«*

»Woher weißt du das«, flüstere ich.

»Das sehe ich. Das sieht man der doch an, dass das eine Judenfresserin ist.«

Sie lächelt dabei heuchelnd zu der Frau hinüber, die in einer Illustrierten liest oder auch nur so tut.

»C'est mon fils«, sagt sie katzenfreundlich zu der Frau.

Die würdigt mich keines Blicks.

»Warum hast du das getan?«, frage ich meine Mutter leise.

»Was getan?«

»Na, die Schlaftabletten genommen. Wieso hast du das getan?«

»Ich habe dir doch gesagt, es war keine Absicht. Wenn es Absicht gewesen wäre, wäre ich jetzt tot, verstehst du?«

Ich schaue sie skeptisch an.

»Meinst du, ich kann mich nicht umbringen?«, sagt sie scharf. »Ich wollte mal richtig ausschlafen. Kaum schließe ich die Augen, schon mache ich mir Sorgen um dich. Ich habe mir ein paar Tabletten zu viel reingeschüttet in den Tee. *Schojn, a grojße sach*. Glaubst du mir nicht?«

»Die Ärztin glaubt dir nicht.«

»*Jenne* Ärztin! Lass dir nichts einreden von der. Wie die schon ausschaut, so ungepflegt. Die Haare, die Fingernägel, eine Ärztin will sie sein? Äh!«

Sie zieht die Mundwinkel nach unten.

»Das ist doch eine alte *klafte*. Unfähig. Hat doch keine Ahnung. Wenn die Psychologin ist, bin ich Einstein.«

»Du hast ihr gesagt, dass du unzufrieden bist mit mir, hast dich beschwert, weil ich dich so selten besuche.«

»Was heißt beschwert? Na ja, glücklich bin ich nicht darüber, das weißt du, aber beschwert? Warum sollte ich mich beschweren? Bei einer Fremden? Unsinn. Ich weiß doch, dass du öfter kommen würdest, wenn du könntest. Aber jeder hat sein Leben, so ist das.«

Sie seufzt tief und macht eine Pause, bevor sie weiterspricht: »Ich habe mich damit abgefunden. Was bleibt mir übrig? Hilf mir hoch.«

Sie streckt ihre Hand aus.

»Musst du *pischen*?«

»Was heißt *pischen*? Ich will nach Hause. Wir gehen jetzt heim.«

»Aber Ma, du kannst nicht nach Hause. Du warst vor ein paar Stunden noch im Koma!«

»Koma-*schwoma*, was soll das? Ich fühle mich gut. Wie

nach einem langen Schlaf. Gib mir meine Sachen, ich will mich anziehen.«

»Ma, du hast hier keine Sachen. Du bist aus deinem Bett mit der Ambulanz direkt hierhergekommen.«

»Dann fahr los, und hol mir wenigstens meinen Frotteeanzug und den Nerzmantel.«

»Die Ärztin wird das nicht erlauben.«

Sie setzt sich empört auf.

»Was heißt nicht erlauben? Diese *jachne* hat mir gar nichts zu sagen! Ist das ein Gefängnis? Bin ich verhaftet? Habe ich ein Verbrechen begangen?«

Sie spricht plötzlich die Nachbarin an.

»Madame, stellen Sie sich vor, mein Sohn weigert sich, mich nach Hause zu nehmen, hat man so was schon erlebt? *C'est affreux!*«

»*Il a raison,* ich glaube nicht, dass ihr dürft nach Haus gehen, hn«, erklärt die Frau.

»Und wieso nicht?«

»*Alors,* das ist keine normale Klinik, hn, das ist ein *établissement psychiatrique*. Für die Verrückten. Wie wir.« Sie lacht.

»Du hast mich in eine Irrenanstalt gebracht!«

Ich werde langsam ungeduldig.

»Du hast dich leider höchstpersönlich hierhergebracht, letzte Nacht, weil du einen Selbstmordversuch gemacht hast. Jedenfalls glauben die das hier. Und das bedeutet, dass sie dich so lange behalten werden, bis sie sicher sein können, dass du nicht mehr gefährdet bist. Kapiert?«

Sie beginnt jetzt zu weinen. Leicht durchschaubar. Reine Strategie. Ich kenne das seit über fünfzig Jahren.

»Ist das nicht schrecklich? Dafür habe ich überlebt? Was man hier mit mir macht. Das ist ja wie im Lager. Dass ich das noch einmal mitmachen muss. Und keiner hilft mir! Im Gegenteil, mein Herr Sohn steckt mir ein Messer in den Rücken auch noch.«

Das Jammern wird jäh beendet, indem sie ohne Unterbrechung fortfährt:

»Du musst denen sagen, dass das ein Irrtum ist und dass ich nach Hause gehe und dass du die nächsten Wochen bei mir bleibst und auf mich aufpasst. Wenn wir draußen sind, kannst du sofort wieder fahren. Ich komme gut allein zurecht.«

»Ma, ich kann das nicht machen. Stell dir vor, dir passiert etwas.«

»Wenn ich hierbleibe, passiert etwas. Sag denen, ich stürze mich aus dem Fenster.«

»Du bist im Parterre.«

Sie kneift die Lippen zusammen, lässt sich ins Kissen fallen.

»Ein Sohn soll nicht zu seiner *mame* halten! Ts, ts. Hat man so was schon gesehen? Ich habe dich geboren, im Lager, großgezogen, allein, mich aufgeopfert. Ich habe mir was gegönnt? Alles hab ich für dich getan, und das ist der Dank! Geh nur. Lass mich hier verrecken.«

Ich stehe auf. Atme tief durch.

»Okay, beruhige dich, ich werde mit ihr reden.«

Sie lächelt mir zu.

»Bist doch mein *bubele,* bist doch das Beste, was ich habe.«

Während ich das Zimmer verlasse, höre ich sie sagen:

»Er war immer ein braves Kind, nein, da kann ich nicht meckern. Er war manchmal unausstehlich, so wie Kinder eben sind, aber er hat ein gutes Herz. Das hat er von mir.«

In Gurs

D*ie jeckete, geharget soll sie sein …«*

Die Deutsche, umbringen sollte man sie! Das ist der Satz, den Lotte hört, als sie in die Baracke kommt. Deshalb lernt sie in wenigen Wochen Jiddisch. *Sie hot sich ojsgelernt jiddisch.* Es sind überwiegend Jüdinnen aus Osteuropa, die hier eingesperrt sind. Frauen, die in den frühen Zwanzigern mit ihren Angehörigen aus Polen, Russland und der Ukraine nach Paris gegangen sind, weil der Erste Weltkrieg in ihrer Heimat noch ein paar Jahre länger dauerte. Sie sind vor den Pogromen geflohen, in denen man Menschen getötet hat, »um sie vor Schlimmerem zu bewahren«. Viele haben anständige, französische, jüdische Männer geheiratet und Kinder bekommen, und bei der großen Razzia im Marais sind sie im Sommer 1942 in die Fänge der französischen Polizei geraten und wurden zusammengepfercht im *Vélodrome d'Hiver,* kurz im *Vél d'Hiv,* in der Winter-Radrennbahn, und schließlich zu Tausenden nach Gurs in die Pyrenäen transportiert.

Wenn sie Glück hatten. Die meisten wurden nach dem Osten verfrachtet. Was das Wort »Auschwitz« wirklich bedeutet, konnten sie sich nicht vorstellen, und die meisten stellten es sich auch nicht vor.

Das *Camp de Gurs,* an den nördlichen Ausläufern der

Pyrenäen gelegen, ist seit 1938 das größte französische Internierungslager und dient anfangs dazu, ehemalige Kämpfer des Spanischen Bürgerkriegs aus aller Herren Länder zu inhaftieren. Auch sogenannte »unerwünschte Personen«, zu denen antifaschistische, meist deutsche Emigranten sowie rebellische Basken und Korsen zählen. Das Lager hat schließlich eine Fläche von fast 100 Hektar mit insgesamt 500 hölzernen Baracken.

Seit Oktober 1940 sind es vor allem deutsche Juden aus Baden, der Pfalz und dem Saarland, die von den Nazis mithilfe der Vichy-Regierung hierher transportiert werden. Nach den Razzien in Paris und anderen Städten Frankreichs kommen überwiegend ostjüdische Menschen im Lager an, die von der Gestapo und der französischen Fremdenpolizei festgenommen werden. Später gehen von hier die Transporte in die Vernichtungslager, vorzugsweise nach Auschwitz-Birkenau, ab. Die Mehrzahl der jüdischen Häftlinge von Gurs wird dort vergast.

Dies ist den französischen Behörden bekannt, obwohl bis heute diese eine Tatsache geleugnet wird, so auch vom ehemaligen Staatspräsidenten François Mitterrand bis zu seinem Tod. Wahr ist, es gab kein Land in Europa, das so bereitwillig mit den Nazis kooperiert hat wie Frankreich! Ein Kapitel für sich.

Meine Mutter kommt im September 1942 mit 800 weiteren jüdischen Frauen an der Bahnstation von Oloron-Sainte-Marie an. Gurs selbst hat keinen Gleisanschluss, und so ist es eine Karawane von Lastwagen, auf denen die Gefangenen die letzten achtzehn Kilometer zum KZ zurücklegen. Ein

Tor, Wachen, ein doppelter Zaun mit Stacheldraht. Es hat geregnet, die Frauen stapfen mit ihren Halbschuhen mühsam durch den Schlamm und werden auf die ohnehin schon überfüllten Baracken des Frauenlagers verteilt. Ursprünglich für vierzig Personen ausgelegt, vegetieren inzwischen bis zu achtzig Personen in einer Baracke. Entsprechend aggressiv ist die Stimmung gegenüber den neu angekommenen Frauen, als seien die freiwillig hier oder »zur Sommerfrische«, wie meine Mutter ironisch zu sagen pflegte.

Die ersten Wochen sind für Lotte ein Albtraum. Der Herbst naht! Wir sind in den Bergen! Es ist neblig, es regnet, es wird nicht richtig hell. Die Frauen müssen in die Wälder, schwere, sinnlose Arbeit verrichten. Täglich erscheinen weniger Frauen zum Abendappell, als morgens weggegangen sind.

Das Essen reicht nicht aus und wird mit Wasser verlängert, die Waschgelegenheiten sind überfüllt und die Latrinen verschmutzt. Die Kantinenbaracke kann den Ansturm der schreienden Frauen und Kinder nicht mehr bewältigen. Sie wird geschlossen.

Es regnet oft tagelang, und die Feuchtigkeit ist in allen Kleidern, Schuhen und Decken.

Ratten, groß wie Katzen, suchen nachts die Baracken heim und scheuen auch nicht davor zurück, die gefangenen Frauen und Kinder zu attackieren und zu beißen.

Deshalb müssen die Frauen sich gegenseitig versprechen, keine Brotreste zu horten, um den Tieren keinen Anreiz zu bieten, in die Baracken zu kommen. Da meine Mutter inzwischen Jiddisch spricht, gehört sie bald zu den beliebten »Gästen« in ihrer Baracke. Sie lernt Hanna Neckarsulmer kennen, die eine lebenslange Freundin werden wird. Von ihr erfährt sie, dass es bereits erfolgreiche Fluchten aus dem Lager gegeben hat. Im Lauf der nächsten Monate können zahlreiche Frauen, darunter die Malerin Lou Albert-Lasard, Hannah Arendt und Marta Feuchtwanger aus dem Lager entkommen. In Navarrenx, der nächsten größeren Stadt, soll es einen Bürgermeister geben, der falsche Papiere ausstellt. Aber wie dorthin gelangen?

Meine Mutter weiß später nicht mehr, wie sie Gurs überlebt hat. Reihenweise sterben Frauen und Kinder an Hunger, Typhus, Ruhr. Es soll bald Transporte geben, nach dem Osten heißt es, in Arbeitslager.

Eines Tages, im Frühjahr 1943, kommt die Stubenälteste und herrscht Hanna Neckarsulmer an:

»Pack deine Sachen! Du kannst gehen!«

Meine Mutter und Hanna schauen sich verwundert an.

Als Frau Neckarsulmer die Baracke des Lagerkommandanten erreicht und die Tür zu seinem Büro geöffnet wird, friert sie förmlich ein! Sie sieht mitten im Raum ihren Mann André stehen, in der Uniform eines französischen Hauptmanns aus dem Ersten Weltkrieg, mit Orden und Säbel! Sie spürt intuitiv, dass es jetzt besser ist, ihre Freude zu unterdrücken und sachlich zu bleiben.

Der Lagerkommandant steht neben ihrem Mann, begrüßt Hanna mit Handschlag.

»Madame«, sagt er, »Ihr Gatte ist gekommen, um Sie abzuholen. Wir bitten Sie um Verzeihung für dieses Missverständnis. Selbstverständlich ist es unerträglich, dass die Gattin eines verdienten französischen Offiziers hier als Gefangene einsitzt. Ich habe den *Capitaine* Neckarsulmer bereits darüber in Kenntnis gesetzt, dass es sich nach meiner Meinung nur um einen bedauerlichen Irrtum handeln kann. Madame, Sie können gehen. Sie sind frei.«

Bevor André daraufhin näherkommt, um seine Frau in den Arm zu nehmen, hört er, wie diese sagt:

»Merci, *Monsieur le Commandant,* aber ich gehe nicht ohne meine Cousine!«

»Capitaine« Neckarsulmer ist perplex.

Da hat er sich in Paris im Théâtre de l'Odéon eine Uniform mit Orden und allem Drum und Dran besorgt, ist wie der Hauptmann von Köpenick losgezogen, mit einer falschen Legende zur deutschen Kommandantur ins Hôtel Lutetia, hat sich tatsächlich ein Papier erschlichen, und jetzt kommt seine Frau daher mit einer erfundenen Cousine!

Bevor er etwas sagen kann, sitzt der Kommandant am Schreibtisch: »Selbstverständlich. Wie heißt Ihre Cousine?«

»Charlotte Meinstein.«

Immer wieder, besonders bei Familienfesten, hat meine Mutter diese Schmierenkomödie erzählt, sie von Mal zu Mal angereichert. Wie sie anschließend mit Hanna und André, ein französisches Chanson grölend, in einem klapprigen Citroën nach Navarrenx fährt, sich zu *Monsieur le Maire* durchflirtet, um dort ihre Papiere in Empfang zu nehmen: *Mme Therese Aline Martin,* geborene Matisse, geboren am 12. Oktober 1919 in Colmar, katholisch. Noch fünfzig Jahre später kann man meine Mutter nachts wachrütteln, und ihre Legende kommt wie aus der Pistole geschossen:

»Therese Aline Martin, geborene Matisse, geboren am 12. Oktober 1919 in Colmar, katholisch.«

Ich bin kein Hase!

1941 in Paris. Thea, die Cousine meiner Mutter, hat bereits vor dem Krieg ihren Freund Alfred Levy geheiratet und ist Mutter geworden. Der kleine Jean ist drei Jahre alt, als sein Vater im Sterben liegt. Gemeinsam mit Lotte bewohnt die kleine Familie inzwischen eine Dachwohnung in der Rue du Temple im 4. Arrondissement. Schon immer waren die beiden Cousinen auch die besten Freundinnen. Seit ihrer gemeinsamen Kindheit in Zirndorf sind sie eng verbunden. Niemand ist meiner Mutter so nah wie Thea, näher auch als ihre Geschwister.

Alfred ruft meine Mutter zu sich an das Bett. Es bleibt ihm nicht mehr viel Zeit, und es gibt etwas zu besprechen. Er nimmt Lottes Hand und bittet sie zu schwören, dass sie sich um Thea und den kleinen Sohn kümmern wird. Der Krieg, die Deutschen in Frankreich, die beginnende Verfolgung der Juden, all das besorgt ihn zutiefst. Und nun muss er diese Welt verlassen wegen eines verdammten Hirntumors, und niemand bleibt, um seine Frau und sein Kind zu schützen. Außer Lotte.

Keine Frage für die junge Frau. Sie verspricht, bei Thea und Jean zu bleiben.

Einige Tage später ist Alfred Levy tot.

Ein Jahr später kann Lotte nichts mehr für ihre Cousine

tun. Die beiden verlieren sich während der Razzien im Marais, und meine Mutter wird nach Gurs deportiert. Dort sorgt sie sich weniger um ihr eigenes Leben als um das ihrer Cousine und das deren Sohns. Sie befürchtet das Schlimmste. Bei ihrer letzten Begegnung in Paris haben die beiden jungen Frauen vereinbart zu versuchen, in die Schweiz zu gelangen.

Im Frühjahr 1943 befindet sich meine Mutter mit ihren gefälschten Papieren mitten im besetzten Frankreich, auf der Flucht in Richtung der Schweizer Grenze. Sie fühlt sich einigermaßen sicher. Sie sieht aus, wie eine Französin aussehen muss. Ohne irgendwelche Unannehmlichkeiten schafft sie es, sich bis nach Lyon durchzuschlagen, wo sie sich beim Roten Kreuz einfindet und sich nach Thea Levy erkundigt. Hier erfährt sie zu ihrer großen Erleichterung, dass Thea sich mit ihrem Sohn auf einem Bauernhof bei Pontarlier befindet, im französischen Jura, unweit der Schweizer Grenze. Etwa fünfzig Jüdinnen aus einem Internierungslager bei Grenoble werden dort oben als Erntehelferinnen eingesetzt. Pontarlier ist der letzte östliche deutsche Außenposten im besetzten Teil Frankreichs. Meine Mutter macht sich auf den Weg.

Der Zug ist nicht voll besetzt, sodass Lotte ein Abteil für sich hat und hinausschauen kann in die bergige Landschaft. Aus dem Abteil nebenan vernimmt sie deutsches Lachen und deutsche Worte. Es sind die Wehrmachtssoldaten, die ihr bereits am Bahnsteig in Lyon aufgefallen sind und denen sie sofort aus dem Weg gegangen ist. Sie möchte unbedingt vermeiden, von den Deutschen unverfroren angeglotzt und womöglich noch angesprochen zu werden. Ihre Haare und ihr halbes Gesicht verbirgt sie unter einem Kopftuch. Ihre wenigen Habseligkeiten passen in einen Reisekorb, wie ihn Landfrauen benutzen.

Sie ist voller Sorge. Wo sind ihre Eltern? Es heißt, sie wurden nach dem Osten deportiert. Was ist dran an den schrecklichen Gerüchten über diese Todeslager? Was ist mit ihren Geschwistern und deren Kindern passiert? Wo stecken die Bergmanns? Hat es Peter in die Schweiz geschafft?

Und während sie hinausschaut in die karge Landschaft des französischen Jura, wird ihr klar, dass sie seit über zehn Jahren nicht mehr die Herrin über ihr Schicksal ist. Dass sie fremdbestimmt wird, dass jeder ihrer Schritte aufgezwungen ist! Die Schule musste sie verlassen, Abitur konnte sie nicht machen, nach Paris musste sie fliehen, sich dort verstecken, schwarzarbeiten, den Vergnügungen eines jungen Lebens wie Varieté, Kino oder Tanz nur unter größter Gefährdung nachgehen.

Sie ist siebenundzwanzig. Keine Stunde in den vergangenen zehn Jahren ohne Angst, ohne Herzklopfen. Und auch heute, im Schutz einer falschen Identität, ist sie wie aufgeschrecktes Wild, jederzeit bereit zur Flucht.

Sie macht keinen Schritt, ohne sich umzuschauen, sie betritt keinen Raum, ohne sich über eventuelle Fluchtmöglichkeiten im Klaren zu sein. Auch hier im Zug weiß sie genau, wie lange sie braucht, um zur Wagentür zu rennen, und vor allem, wie sie geöffnet wird. Und für alle Fälle hat sie ganz oben in ihrem Reisekorb ein Messer! Und ein Menschenleben später sagt sie mir, dass sie es auch benutzt hätte, und ich habe keinen Grund, an ihren Worten zu zweifeln.

So lang liegen sich die beiden Frauen in den Armen, dass der französische Gendarm, der als Hilfspolizist für die Deutschen fungieren muss und der die Arbeiterinnen bei der Ernte beaufsichtigt, die Begrüßung mit den Worten *»Arrêtez maintenant!«* unterbindet. Lotte und Thea fassen sich an den Händen, und meine Mutter begleitet ihre Cousine zurück auf das Feld. Thea berichtet, dass die gefangenen Frauen abends in einen leeren Pferdestall kommen, der anschließend verschlossen wird. Der kleine Jean ist mit anderen Kindern auf dem nahen Bauernhof untergebracht. Thea und Lotte planen ihre Flucht. Lotte wird sich um alles kümmern.

Das Hôtel de la Poste in der Rue de la République dient in diesen Jahren gleichzeitig als das hiesige Hauptquartier der deutschen Besatzungsarmee. Es ist strategisch geschickt von meiner Mutter, sich in diesem Hotel ein Zimmer zu nehmen. Welches Lamm würde sich freiwillig in die Höhle des Löwen begeben? Niemand ist deshalb argwöhnisch, als sich eine junge, hübsche Französin namens Therese Martin aus Colmar an der Rezeption anmeldet und den Schlüssel für ihr Zimmer erhält. Abends schleicht sich Lotte am voll besetzten Restaurant des Hotels vorbei, wo die deutschen Soldaten essen, trinken und grölen. Sie läuft gegenüber in die Bäckerei und kauft sich ein Baguette. Danach setzt sie sich dem nahen Rathaus gegenüber auf eine Bank und isst ihr Brot. Und sie macht einen Plan.

Der kleine Jean kann sich fast nicht mehr an seine Tante Charlotte erinnern. Als er sie zum letzten Mal gesehen hat, konnte er kaum sprechen und begann gerade zu laufen.

Trotzdem freut er sich jeden Morgen, wenn die Tante ihn auf dem Bauernhof der Familie Girard besuchen kommt, um mit ihm zu spielen. Die Girards betreuen zurzeit fünfzehn Kinder und sind für jede Entlastung dankbar.

Lotte hat sich einen tragbaren Hasenkäfig ausgeliehen.

Ein quadratischer Kasten aus rohem Holz, vorn ein Türchen aus Maschendraht, an der hinteren Seite zwei Lederriemen, um den Kasten wie einen Rucksack auf die Schultern zu nehmen. So trägt die Bäuerin die Kaninchen zum Markt. Lotte legt den Kasten mit Stroh aus und bittet den kleinen Jean hineinzusteigen. Das sei doch ein tolles Versteck, meint sie.

Doch der Junge weigert sich: *»Non! Je ne suis pas un lapin!«*, ruft er und läuft davon. Lotte fängt ihn spielerisch ein, will ihn dazu bewegen, in den Kasten zu steigen. Vergebens. Morgen wird sie es wieder versuchen.

Eine Woche später. Alles ist vorbereitet. Alex Girard, der Bauer, hat einen Bruder, Fabien, der in Les Granges d'Agneaux, unmittelbar an der Grenze zur Schweiz, eine Tankstelle mit Autowerkstatt besitzt. Und einen Kleinlaster von Citroën, ein Dreirad. Außerdem hat Fabien Kontakt zur Résistance, zur richtigen Seite also. Um 22 Uhr wird er am Ortsausgang warten. Eine Viertelstunde, nicht länger.

Die Zeit drängt. Thea ist nicht mit in den Pferdestall gegangen, sondern hat sich in einem der Heuhaufen versteckt, bis Dunkelheit und Ruhe eingekehrt sind.

Jetzt kriecht sie aus ihrem Versteck und läuft in die Nacht. Sie meidet die Straße. Durch den Wald ist es ein Umweg, aber es ist sicherer.

Lotte hat inzwischen den schlafenden Jean in den Hasenkasten gelegt und hievt ihn gemeinsam mit Bauer Girard auf die Ladefläche des Hängers.

Ungeduldig warten die beiden auf Thea, die irgendwann am Horizont auftauchen muss. »Hoffentlich ist alles gut gegangen«, sagt Lotte. »Klar«, sagt der Bauer und hält Lotte eine Flasche Rotwein unter die Nase. Sie nimmt einen großen Schluck.

Thea tritt aus dem Wald und erkennt im hellen Mondlicht in der Ferne schemenhaft die Umrisse des Bauernhofs. Sie rennt los.

Zehn Minuten später knattert der Trecker durch die Nacht. Bauer Girard nimmt die Strecke, die die Deutschen »Schlucht« nennen und die ihnen nicht geheuer ist. Neben der unbefestigten Straße geht es rund dreihundert Meter steil nach unten. Thea sitzt auf der Ladefläche des Anhängers und hält den Hasenkäfig fest. Sie wagt es nicht, nach unten zu schauen.

Es ist kurz vor 22 Uhr, als der Traktor an einer Weggabelung vor Les Granges d'Agneaux hält. Alex Girard pfeift zweimal kurz ins Dunkle. Dann taucht Fabien auf. Wortlos nimmt er den Hasenkäfig vom Anhänger und bringt ihn zum Citroën, der am Waldrand steht. Die Frauen mit ihren Rucksäcken folgen.

Vorher haben sie den Bauern kurz und ungelenk in die Arme genommen, er hat ihnen viel Glück gewünscht und danach den Traktor wieder gestartet.

Dieses Mal liegt Lotte mit dem Hasenkäfig unter der Plane des Kleinlasters. Thea sitzt vorn, neben Fabien. Sie hat bitter gefroren und muss sich erst einmal ein wenig aufwärmen. Jean quengelt und weint, und es dauert eine gefühlte Ewigkeit, bis er sich schließlich beruhigt.

Auf einer Anhöhe bleibt Fabien stehen, macht die Scheinwerfer aus und danach den Motor. Er starrt in die Ferne, hinunter ins Tal. Nach etwa acht Minuten sieht man irgendwo ein schwaches Licht leuchten. Fabien nimmt ein Fernglas hoch und schaut konzentriert durch die Windschutzscheibe. Er folgt den Lichtern etwa drei Minuten lang, dann lässt er das Fernglas sinken.

»Die letzte deutsche Patrouille«, sagt er zu Thea, »auf geht's!«

Eine halbe Stunde später betreten Thea mit den Rucksäcken und Lotte mit dem Hasenkäfig auf dem Rücken den Boden der Schweiz. Ein einsamer Grenzpfahl signalisiert ihnen den Weg in die Freiheit.

Fabien hat sie instruiert: »Ihr müsst ins Tal hinunter, zum nächsten Dorf, nach Les Cernets. Das dauert zu Fuß etwa eine Stunde. Dort gibt es einen Schweizer Grenzposten. Neben der Kirche. Ab 7 Uhr beginnt ein gewisser Claude Laissue seinen Dienst. Der wird euch mit den nötigen Papieren versorgen. Nur bei ihm seid ihr sicher, versteht ihr? Bei den anderen besteht die Gefahr, zurückgeschickt und an die Deutschen ausgeliefert zu werden.«

»Das wird nicht passieren«, sagt Lotte, »ich habe ein Messer dabei!«

Fabien lächelt, dann verschwindet er in der Nacht.

Als der Morgen dämmert, sitzen zwei Frauen und ein kleiner Junge im Dörfchen Les Cernets vor der Kirche auf einer

Bank. Ein blitzsauberer Renault hält an der Zollstation, und ein Mann steigt aus. Bevor er ins Haus geht, wird er von Lotte angehalten.

»Guten Morgen. Sind Sie Monsieur Claude Laissue?«

»Ja, Madame, wie kann ich Ihnen helfen?«

Einige Wochen später – es ist der Oktober 1943 – findet sich meine Mutter im Büro des Roten Kreuzes in Zürich ein. Sie heißt jetzt wieder Charlotte Meinstein.

Nun soll über ihr weiteres Schicksal entschieden werden. Sie erkundigt sich nach dem Verbleib ihrer Eltern und anderen Verwandten, gibt Suchanzeigen auf. Man fordert sie auf, sich umgehend ins Internierungslager Riehen bei Basel zu begeben, wo man arbeitsfähige jüdische Frauen zusammenführt. Für viele Juden war die Schweiz vor und während des Krieges stets ein Sehnsuchtsort. Die Schweizer Polizei allerdings hatte die Aufgabe, den Arbeitsmarkt zu schützen und sogenannte »wesensfremde Elemente« abzuwehren. Ab Sommer 1942 wurden die Grenzen geschlossen, obwohl die Schweizer Regierung von der Todesgefahr, der die Juden ausgesetzt waren, Kenntnis hatte. Die Zahl der Zurückgewiesenen beträgt über 50 000, darunter eine große Anzahl jüdischer Flüchtlinge. Als die Menschen schließlich wieder aufgenommen wurden, verteilte man sie in Internierungslagern, die zum Teil Arbeitslager waren, in denen sie zum Beispiel zum Straßenbau herangezogen wurden.

Mit einem Zettel in der Hand verlässt Lotte das Büro … und rennt in einen Mann, abgemagert und von verschlissener Eleganz. Emanuel »Peter« Bergmann, der mein Vater werden wird!

Ein Wiedersehen

Es ist schwer vorstellbar, aber da sitzen zwei Menschen beieinander, in einem Café in der Zürcher Bahnhofstrasse, während im Rest von Europa ein verheerender Krieg tobt, während Menschen vergast werden, und erzählen sich davon, wie sie überlebt haben. Charlotte hat die schönen Hände des Mannes in ihre genommen, er schaut in ihre wundervollen, großen braunen Augen, die voller Liebe sind. Sie hört ihm zu, wie er mit seiner leisen, angenehmen Stimme berichtet. Emanuel hat Lotte nie vergessen, immer und immer wieder an sie gedacht. Er hat nach ihr gesucht. Ist durch das riesige, überfüllte *Vélodrome d'Hiver* gelaufen, in dem die Menschen zu Tausenden eingepfercht worden waren nach den Razzien im Sommer 1942. Er hat unbekannte Menschen nach ihr gefragt. Irgendwo traf er seinen Bruder David. Die Brüder bestechen einen französischen Polizisten, der am Tor Wache hält, und laufen ins nächtliche Paris. Sie wollen nach Süden fliehen, Richtung Marseille. Da sind die Deutschen noch nicht.

Aber sie wollen nicht allein gehen, sie wollen die Brüder, die Schwester und die Eltern mitnehmen. Aber die sind von Drancy aus bereits nach dem Osten unterwegs – in den Tod, wie man später erfahren wird.

Emanuel wird krank, versteckt sich mithilfe eines befreundeten Arztes im Hôpital Rothschild und beschwört seinen jüngeren Bruder, allein loszuziehen. Schweren Herzens lässt sich David überzeugen und geht. Es ist Sommer 1942.

Die Gestapo kommt, lässt das Krankenhaus räumen. Emanuel wird verhört, geschlagen, wieder verhört. Dann trifft er auf einen österreichischen Gestapo-Mann.

Auch Emanuel ist in Österreich geboren, damals, als das galizische *stetl* noch Neu Sandez hieß, unter Kaiser Franz Josef, zur k. u. k. Zeit, später dann nannten die Polen es um in Novy-Sancz. Heute heißt es wieder Neu Sandez, sagt der Österreicher lachend, und so wird es auch bleiben. Emanuel »vermacht« ihm seine geliebte Leica, die ihn ein halbes Leben begleitet hat, und darf gehen. Eine Kamera für ein Leben.

Auf abenteuerlichen Wegen gelingt es ihm, in die »hermetisch verriegelte« Schweiz zu kommen. In Halbschuhen, über die Alpen.

Was ist aus David und den anderen geworden? Keine Ahnung. Emanuel befürchtet das Schlimmste. Vorhin, beim Roten Kreuz, hat er eine Liste ausgefüllt. Zweiundzwanzig Namen sind darauf, die Mitglieder seiner Familie, die er vermisst. Er hat keine Hoffnung. Lotte versucht ihm Mut zu machen. Schließlich haben sie beide es ja auch gepackt.

»Erzählen Sie von sich. Wie haben Sie überwintert?«

Sie erzählt von Gurs und wie sie es hierher in die Schweiz geschafft hat.

Manchmal kommen Emanuel die Tränen, aber dann muss er wieder herzlich lachen. Diese Frau ist wundervoll.

Die Kellnerin schaut schon verärgert. Seit fast drei Stunden sitzt dieses merkwürdige Pärchen schon hier. Er einen Tee, sie eine Schokolade.

Beim Abschied am Zürcher Bahnhof nehmen sie sich das erste Mal in die Arme und küssen sich. Sie muss nach Riehen bei Basel, dort ist ein Frauenlager. Er ist in einem Arbeitslager für Männer in Adliswil, ein paar Kilometer von hier. Sonntags hat er frei. Dann kommt er nach Basel, da können sie sich sehen. Wenn sie will? Natürlich will sie.

Wehen in Riehen

Am 25. Dezember 1944 kommt es knapp hundert Kilometer vom Internierungslager Riehen bei Basel entfernt zu schweren Bombenangriffen der Alliierten auf Schweizer Territorium. Die Stadt Thayngen wird irrtümlich für Singen gehalten. Einige Wochen vorher hat die Royal Air Force Zürich mit Pforzheim verwechselt. Es ist ein offenes Geheimnis, dass Winston Churchill nicht unglücklich darüber ist, Schweizer Bahnlinien und Infrastruktur zu zerstören. Schließlich gibt es in der Schweiz Waffenfabriken wie Oerlikon-Bührle, die keine Skrupel haben, auch Hitlerdeutschland zu beliefern.

Von all dem hat meine hochschwangere Mutter keine Ahnung. Sie fürchtet sich nur jedes Mal entsetzlich, wenn der Fliegeralarm ertönt, denn im Gegensatz zu den Schweizer Aufseherinnen, den Rot-Kreuz-Schwestern und den Diakonissinnen des nahen Stifts werden die jüdischen Frauen, die *cheibe Flüchtling,* nicht in die Luftschutzkeller gelassen. Meine Mutter muss oben bleiben und hoffen, dass das Lager keinen Treffer abbekommt. Das wird sie den Schweizern nie verzeihen.

Zehn Tage später setzten die Wehen ein. Sie dauern fast 24 Stunden und dazu die ruppige Behandlung durch die

Krankenschwestern, wie meine Mutter später erzählen wird.

Am frühen Morgen des 6. Januar 1945 erblicke ich das Licht der Welt. Mein Vater kommt am Nachmittag aus dem Lager Adliswil im Kanton Zürich, wo er seit über zwei Jahren gemeinsam mit anderen jüdischen Männern täglich zum Straßenbau abkommandiert wird. Meine Eltern nennen mich Michel, nach einem verschollenen Bruder meines Vaters.

»Schön ist er nicht«, soll mein Vater gesagt haben, als er mich zum ersten Mal gesehen hat, »aber er kann ja noch schön werden!«

Ich bin ein schwächliches Kind und trinke nur wenig. Daher dient meine Mutter noch drei weiteren Säuglingen als Amme. Die Zustände im Lager Riehen sind nicht hygienisch genug, um ein Baby gefahrlos zu versorgen. Deshalb kommen wir in das nahe gelegene Diakonissenheim, wo sich evangelische Schwestern um mich und meine Mutter kümmern. Auf meinen ersten Babyfotos ist deshalb stets auch die Oberin in ihrer Tracht zu sehen – ein guter Einstieg ins Leben für ein jüdisches Kind!

Ich bin drei Monate alt, der Krieg ist noch nicht vorbei, als meine Eltern beschließen, mich hierzulassen und nach Paris zurückzugehen. Es gilt Verwandte zu finden oder deren Verbleib zu klären, aber auch die Basis für ein neues Leben zu schaffen.

Für meine Mutter ist es keine Frage: Sie wird niemals wieder nach Deutschland zurückkehren. So beginnt sie in der neu eröffneten Metzgerei ihrer Schwester Sophie in der Rue de Belleville zu arbeiten, und nach einigen Monaten finden meine Eltern auch eine Wohnung nahe der Metrostation Botzaris am Park Buttes-Chaumont.

Ich bin etwa 18 Monate alt, als meine Mutter in das Diakonissenheim Riehen zurückkehrt, um mich abzuholen. Sie erkennt mich nicht wieder. Aus dem schwächlichen, rachitischen Judenkind ist ein »rausgefressener Schweizer Kloßkopf« geworden, wie sie sagt, der etwa »eine Tonne« wiegt. Meine Mutter ist entsetzt, aber sie ist ja selbst daran schuld, wie ich aussehe. Sie hat mich schließlich über ein Jahr in der Obhut von wohlmeinenden protestantischen Nonnen gelassen, die nichts Besseres zu tun hatten, als dieses hilflose Bündel zu mästen und zu versuchen, daraus einen waschechten Schweizer zu machen. »Maman« oder »Papa« geht mir nicht über die Lippen, dafür aber »Chuchichäschtli«, »Schoggitäfeli« oder »Guetsli« und anderer eidgenössischer Unsinn, den man einem kleinen Kind beibringen kann. Für mich ist es ein persönliches Drama, das Heim zu verlassen, und nur widerwillig begleite ich meine Mutter nach Frankreich. So hat man es mir später berichtet.

Aber irgendwann gewöhne ich mich an die große Stadt Paris und an die zwei fremden Menschen, mit denen ich von nun an zusammenleben muss.

Als ich zu sprechen beginne, Sätze und Gedanken bilde, ist das »Chuchichäschtli« mit einem Mal verschwunden und es ist die französische Sprache, in der ich dies tue. Im Gegensatz zu meinem Vater weigert sich meine Mutter, mit mir deutsch zu sprechen.

Meine ersten bewussten Lebensjahre in Paris sind von Harmonie geprägt. Ich weiß nichts vom vergangenen Krieg, von Not und Flucht, vom Holocaust, den man damals noch nicht so nennt, und von verschwundenen Verwandten. Ich spiele im nahen Park, treffe meine Cousins und Cousinen und darf bereits mit vier Jahren selbstständig in der Boulangerie an der Ecke Croissants, Baguette oder Flûte kaufen. Später erzählt mir meine Mutter, dass ich das lange Brot oft geteilt habe, um die Hälften einzeln nach oben in die 2. Etage zu schleppen.

Mein liebster Spielkamerad aber ist mein Onkel David, der zum Inventar der Wohnung gehört, nachdem er meinen Vater 1946 zufällig in den Straßen von Paris wiedergetroffen hat. Beide waren davon überzeugt, dass der andere nicht überlebt hat! So werden die beiden übrig gebliebenen Brüder unzertrennlich. David hat in der französischen Fremdenlegion »überwintert«, und ich kann ihm stundenlang zuhören, wenn er mir Fotos zeigt, wie er auf einem Kamel reitet, oder mir von seinem zahmen Chamäleon erzählt, das er »Motek« genannt hat und das ihn in seiner Zeit in Algerien begleitet. Da er sich auch lange in Ägypten aufgehalten hat, sind seine Geschichten von den Pyramiden, den Pharaonen und vor allem den Mumien unwiderstehlich.

Das gebrochene Versprechen

Unserer Abreise nach Frankfurt geht ein monatelanger Streit voraus, an den ich mich nicht erinnere. Ich bin vier Jahre alt, als mein Vater meine Mutter davon überzeugen will, in seine alte Heimatstadt zurückzukehren. Er und sein Bruder David versprechen sich den geschäftlichen Erfolg, den sie in den Nachkriegsjahren in Paris niemals haben werden. Die französischen Behörden machen es den ausländischen Flüchtlingen nicht leicht, und bei Lizenzen für Geschäfte werden Franzosen unverhohlen bevorzugt. Das ist in der US-Besatzungszone in Hessen anders. Hier haben es die Deutschen schwer, denn sie müssen erst die Entnazifizierung hinter sich bringen, während die Juden als Verfolgte des Naziregimes relativ einfach an behördliche Genehmigungen kommen. Diesen kommerziellen Vorsprung gilt es auszunutzen. Außerdem, so argumentieren David und Emanuel, bekämen sie mit etwas Glück das Wäschehaus »Gebrüder Bergmann« zurück. Es hatte noch bis April 1933 einen guten Ruf, und es gibt sicher viele alte Kunden, die sich gern erinnern.

Meine Mutter bleibt hart. Sie will nicht in dieses »verschissene« Land, das ihr die Eltern genommen hat, und sie findet das Ansinnen ihres Mannes respektlos, angesichts der einundzwanzig Toten, die er zu beklagen hat. Frankfurt am Main sei stets eine judenfreundliche Stadt gewesen, behauptet er, der *risches* sei nie so groß gewesen wie im Rest des Reiches. Auch das kann meine kluge Mama nicht überzeugen, aber schließlich sticht ein anderes Argument. Mein Vater verspricht, nur für ein paar Jahre nach Frankfurt zu gehen, um in möglichst kurzer Zeit möglichst viel Geld zu machen, und dann endgültig in die USA oder nach Israel auszuwandern. Mir ist bis heute nicht klar, ob sie damals schon wusste, dass das eine fromme Lüge war. Mein Vater ist schließlich über zwanzig Jahre älter als meine Mutter, und der Gesündeste ist er auch nicht.

Während Emanuel und sein Bruder bereits in Frankfurt sind und sich um den Aufbau ihres Geschäfts bemühen, sitze ich mit meiner Mutter in Paris, quasi auf gepackten Koffern, und wir haben noch eine gute Zeit. Ich lerne ein paar Worte Deutsch. Ich spiele mit meinen Cousins, meine Mutter sieht ihre Cousine und Madame Neckarsulmer, ihre beste Freundin aus Gurs, die ihr das Leben gerettet hat, wie meine Mutter sagt.

Manchmal sind wir auch zum Kaffee bei einer geheimnisvollen Madame, die eine berühmte Schauspielerin sein soll. Sie hat eine Tochter namens Catherine, mit der man nicht richtig spielen kann.

Als wir an einem rauen Herbsttag am Frankfurter Hauptbahnhof ankommen, meine Mutter und ich, stehen mein Vater und mein Onkel am Bahnsteig und begrüßen uns überschwänglich. Das hat seinen Grund, denn entgegen der vollmundigen Ankündigung haben wir noch keine Wohnung. Wir müssen vorübergehend ins DP-Lager Zeilsheim, wo mein Vater mit meinem Onkel lebt und es eine Ecke in einer steinernen Baracke gibt, die uns zugewiesen wird.

Der Begriff DP stand für *displaced persons* und wurde von den Alliierten für ausländische Personen geprägt, die sich nach Kriegsende außerhalb ihres Heimatlandes aufhielten.

Für Kinder ist Zeilsheim ein Abenteuerspielplatz. Rasch finde ich Freunde, die fremdartige Sprachen sprechen und mit denen ich herumstreunen kann. Deshalb bin ich traurig, dass wir nach ein paar Wochen in die nächste »Wohnung« umziehen. Es handelt sich um ein großes Zimmer, ein umgestaltetes Krankenzimmer in der ersten Etage des ehemaligen Jüdischen Krankenhauses in der Gagernstraße im Frankfurter Stadtteil Bornheim gelegen. Der Wohnbereich ist durch eine herunterhängende graugrüne Armeekolter von der Schlafecke getrennt. Auf dem weitläufigen, zugigen Krankenhausflur befinden sich die Wasch- und Toilettenräume und eine große Gemeinschaftsküche.

Das imposante Gebäude aus Rotsandstein hat im März 1944 einen Bombentreffer abbekommen, dessen Schäden notdürftig behoben wurden. Die rechte Hälfte des Gebäudes ist nicht begehbar. Auch die große geschwungene Treppe, die zum ersten Stock führt, weist Löcher und abgerissene Kanten auf und wird einige Wochen später zu einem Sturz beitragen, bei dem ich mir die Gläser meiner zerbrechenden Brille ins Gesicht ramme und mit der Ambulanz in ein nahes Krankenhaus komme. Ich erinnere mich noch gut daran und an das Geschrei meiner panischen Mama, die den Vorfall dazu nutzt, meinem Vater wieder und immer wieder Vorhaltungen zu machen. Wie schön haben wir es in Paris gehabt. Wir hatten zwar weniger Geld, aber dafür haben wir anständig gewohnt und nicht auf einem Trümmerhaufen, so wie hier.

Im Philanthropin, einer ehemaligen Schule der israelitischen Gemeinde in der Hebelstraße, eröffnen mein Vater und sein Bruder ihren »Wäschegroßhandel Gebrüder Bergmann« und haben schon nach ein paar Wochen einen Stamm von Teilachern, die in die Umgebung fahren und Wäsche- und Aussteuerpakete an die Deutschen verkaufen. Zwei der Handelsvertreter gehörten bereits vor 1933 zum Stammpersonal von Davids glorreicher Truppe: Emil Verständig, der in Shanghai »überwinterte«, und Karl Sonnenreich, der als US-Soldat nach Deutschland zurückkehrte.

Die erste Vorhersage meines Vaters wird wahr: In relativ kurzer Zeit verdient er so viel Geld, dass wir uns ein Jahr nach unserer Ankunft eine große, teure Mietwohnung im Westend, in der Bockenheimer Landstraße Nummer 37 leisten können. Hier werde ich mit meiner Mutter und unserem Hausmädchen Frieda in den nächsten sechzehn Jahren leben. Das hat sich meine Mutter sicher nicht erträumt, denn sie will nicht hierbleiben und wird immer unglücklich sein. Aber das Schicksal ist rücksichtslos.

Mutti Rosel

Unweit des Frankfurter Schauspielhauses, in der Gallusanlage, befindet sich ein Denkmal, das den Opfern des Ersten Weltkriegs gewidmet ist. Der Künstler, der dieses Werk geschaffen hat, heißt Benno Elkan, ein jüdischer Bildhauer, der vor der Hitlerzeit ein gefragter Mann war. Er ist später nach Palästina ausgewandert und hat nach der Staatsgründung Israels unter anderem die berühmte Große Menora geschaffen, die vor der Knesset in Jerusalem steht. Das Denkmal in Frankfurt zeigt eine halb kniende, teils hockende halbnackte Frau, die ihre rechte Brust in der Hand hält und leidend nach unten blickt. »Den Opfern« ist auf dem Sockel zu lesen. Die junge Frau, die dem Künstler Modell stand, war Rosel Rosenberg, ein Mädchen von zwanzig Jahren aus gutbürgerlichem Hause und junge Primaballerina der Frankfurter Oper. In der jüdischen Gemeinde der Stadt sah man die Tatsache, dass sie Modell stand, mit Argwohn, zumal das Gerücht ging, Rosel »habe etwas« mit dem Bildhauer. Um diesen skandalträchtigen Klatsch zu unterbinden, entschlossen sich die Rosenbergs, ihre rebellische Tochter zu verheiraten. Ein Ehemann war bald gefunden, es war Emanuel »Peter« Bergmann, Spross einer erfolgreichen *schmattes*-Dynastie.

1922 kommt Ruth zur Welt, die über zwanzig Jahre später meine Halbschwester werden wird. Wiederum ein Jahr danach lassen sich Rosel und Peter scheiden. Die Gründe können unterschiedlicher nicht sein:

Rosel wirf ihrem Mann vor, ein Spieler zu sein, Peter hält ihr Untreue vor. Bezeichnend jedoch ist, dass mein Vater mit seiner kleinen Tochter ins Haus seiner Schwiegereltern ziehen darf, während Rosel allein bleibt und die Libertinage der »Goldenen Zwanziger« genießt. 1933 geht er nach Paris, Rosel schnappt sich ihre Tochter und emigriert über Mexiko in die USA. Ihre Eltern, die Rosenbergs, werden vom Holocaust verschlungen.

Nach dem Krieg nimmt mein Vater Kontakt zu seiner Tochter in New York auf, weil er erfährt, dass diese sich große Sorgen um ihn macht. Ruth ist glücklich zu erfahren, dass er überlebt hat, und überschüttet uns mit Lebensmittelpaketen und meine Mutter mit ihren abgelegten, aber immer noch schönen Kleidern. Bis weit in die Fünfziger trägt meine Mutter Kleider von Ruth. In dieser Zeit besucht uns meine neue Halbschwester in Frankfurt. Sie ist gut situiert, ist Psychologin, hat einen erfolgreichen Arzt, den russischen Juden Alexander, zum Mann und zwei Kinder, meine Nichte Nina und meinen Neffen Michael. Meine Mutter und ihre neue Stieftochter werden so etwas wie gute Freundinnen und halten für immer Kontakt.

Durch Ruth erfahren wir, dass ihre Mutter Rosel, von allen »Mutti« genannt (was sie übrigens verabscheut: *Don't call me Mutti!*) nach wie vor schlecht über meinen Vater redet, Lügen verbreitet und sich eine eigene Realität zurechtgebastelt hat, nicht zuletzt, um ihre persönlichen Verfehlungen zu kaschieren. Das hat zur Folge, dass auch meine Mutter keine Gelegenheit versäumt, über Mutti herzuziehen und ihr allerlei Bösartiges zu unterstellten. Freundinnen sollten diese beiden Frauen nie werden.

1977, mein Vater ist schon über zwanzig Jahre tot, fahre ich zum ersten Mal nach New York, um Ruth und ihre Familie zu besuchen. So treffe ich auch auf Mutti, die in ihrer Hotelsuite (sie wohnt seit ihrer Ankunft vor dreißig Jahren in New York im Hotel!) zum Brunch geladen hat. Sie macht mir Angst. Sie ist eine bildschöne, strenge, sarkastische Frau, eloquent, herrisch und kritikresistent. Obwohl ich die besten Argumente habe, meinen Vater zu verteidigen und Mutti bloßzustellen, besteht sie auf ihrer Version der Geschichte und duldet keinen Widerspruch. Selbst als ich sie frage, warum denn nach der Scheidung mein Vater mit Ruth und nicht sie zurück ins Haus ihrer Eltern ziehen durfte, hat sie eine Antwort parat: »Dein Vater hat es schon immer verstanden, Menschen um den Finger zu wickeln. Einmal Teilacher, immer Teilacher!«

Als ich meiner Mutter davon berichte, besteht sie darauf, dass ich Mutti nicht mehr sehen soll, falls ich wieder mal in New York bin. Sie fürchtet den Einfluss dieser »Hexe«. Viele Jahre später treffe ich Mutti zum letzten Mal. Sie ist über 90 und altersmilde geworden. Sie erzählt, was für ein schöner Mann mein Vater war und dass Ruth wie er sei. Sie habe nichts von ihr, auch charakterlich nicht. Ihre Tochter sei viel zu nachgiebig und ließe sich von ihren Gefühlen leiten. So aber käme man in der harten Welt nicht weit. Mutti weiß, wovon sie spricht. Nach ihrer Karriere als Tänzerin hat sie als Choreografin am Broadway gearbeitet. Danach verlegt sie sich auf Aerobic für die High Society der Stadt, zu einer Zeit, als noch keiner den Begriff kennt. Sie hat bis ins hohe Alter Kundinnen wie Jackie Kennedy, Marina Stern, Estée Lauder oder Ivana Trump in den Schweiß getrieben und sich gut dafür entlohnen lassen. Alle zahlten bar, und als Mutti stirbt, findet Ruth in der Hotelsuite einige Hunderttausend Dollar in kleinen Scheinen in Einkaufstüten, Schuhkartons und Schubladen.

Eine Reise in den Schmerz

Es ist der Sommer 1952, und ich bin sieben Jahre alt. Mit meinen Eltern spaziere ich durch den Kurpark in Bad Gastein. Mein Vater kommt gern hierher. Schon als junger Mann war er hier vor dem Krieg Gast, obwohl er nicht kuren musste. Aber es gibt ein Casino. Gastein, die Profis lassen das Wort »Bad« weg, hat immer noch den morbiden Charme der ehemaligen Habsburger Zeit. Ich liebe den Blick auf die Stadt und auf die pittoresken Häuser und überladenen Hotelpaläste, die förmlich am Berg kleben.

Aber am meisten liebe ich die Eichhörnchen, die völlig angstfrei um uns herumhüpfen und sogar auf die Hand springen, wenn sie ahnen, dass es etwas zu fressen gibt. Für die »Eichkatzerl«, wie sie hier heißen, habe ich wie immer beim Frühstück Brot gehortet, das ich nun in kleinen Dosen an meine putzigen Freunde verfüttere.

Jedes Mal quieke ich vor Lust, wenn wieder eines der rotbraunen Wuscheltiere an mir hochgerannt, auf meinem ausgestreckten Arm gelandet ist und sich in ruckartigen Bewegungen Richtung Handfläche vorarbeitet. Ich halte den Atem an, da es sich nicht erschrecken soll. Meine Mutter umschwirrt mich, macht Fotos mit ihrer Zeiss Contessa.

Mein Vater hat sich vor einer Minute auf eine Parkbank gesetzt, ihm ist heute nicht nach Laufen zumute. Meine

Mutter macht sich Sorgen, aber er winkt lächelnd ab. Alles okay. Wir beide gehen also weiter. Irgendwann kommt Unruhe auf, und jemand ruft von hinten:

»Ist das Ihr Mann?«

Mein Vater ist auf der Bank zusammengesackt, droht auf den Kies zu fallen. Ein Kurgast aus Amerika hält ihn fest.

Meine Mutter kommt angerannt: »Peter!«

»It's a stroke, I guess«, sagt der Mann.

Meine Mutter hat lang gezögert, ob sie mich mit in die Klinik nehmen soll, aber ein siebenjähriger Junge allein in einem Hotel?

Ich erkenne meinen Vater nicht wieder. Seine linke Gesichtshälfte hängt nach unten, sein Mund sieht aus wie ein umgekehrter Halbmond. Er bekommt eine Infusion, kann nicht sprechen, gibt nur unmenschliche Laute von sich. Ich habe Angst vor ihm. Seine gesamte linke Körperhälfte ist gelähmt. Mit dem rechten Arm macht er wirre Bewegungen. Er wirkt verzweifelt. Er will uns etwas sagen, kann es aber nicht. Das macht ihn offensichtlich ärgerlich. Meine Mutter sitzt an seinem Bett und redet ununterbrochen:

»Hast du Schmerzen? Ich weiß nicht, was du willst. Ich kann dich nicht verstehen. Du hast einen Hirnschlag. Ich weiß nicht, wie ich dir helfen kann. Der Arzt sagt, in den nächsten Tagen wird es besser. Es ist immer so, nachdem es passiert ist.«

Mein Vater weint.

Ich stehe hinter meiner Mutter, luge ihr vorsichtig über die Schulter. Es ist wie in einem Horrorfilm.

Der Arzt kommt. Ein großer, vierschrötiger Mann, absolut empathielos. Er erklärt meiner Mutter die Situation: »Er hot hoit a Schlagerl, da kammer net vül machen, gnä' Frau. Am besten, mir schaffen ihn nach Salzburg, da san's besser eingricht auf so was, vörstehn's?«

Meine Mutter nickt. Sie »übersetzt« es für meinen Vater: »Du kommst in eine Klinik nach Salzburg. Da können sie dich besser behandeln.«

Mein Vater wimmert und weint.

Der Arzt nickt.

»Ja, bei am Schlag wird gern gweint. Also, wenn wos is, gnä' Frau ...«

Er wuschelt mir durchs Haar.

»Na, Burschi ... der Papa wird scho wieder.«

Wir stehen am Bahnsteig, meine Mutter und ich, als die Dampflok langsam einfährt. Der Zug ist nicht lang, hat nur drei, vier Waggons. Schon von Weitem sehe ich ihn, renne hin, so schnell ich kann.

»Onkel David!«

Ich umfasse seine Beine, drücke mich an ihn. Er nimmt mich auf seinen Arm. Meine Mutter kommt, er küsst sie aufs Haar.

»Ach, *Duvidl*«, stöhnt sie, »es ist alles so furchtbar. Wie soll es nur weitergehen?«

Er versucht sie zu trösten. »Ich bin ja jetzt da.«

Er setzt mich ab. Sie hakt sich bei ihm unter. Ich versuche seine Tasche zu schleppen.

»Sie haben ihn nach Salzburg gebracht«, sagt sie unter Tränen, »morgen fahre ich hin.«

Vor dem Bahnhof wartet unser Wagen. Dieses schwarze, chromglänzende Wundertier, der Citroën 12 cv. Später werde ich dieses Modell immer wieder mit Wehmut betrachten, in den Filmen von Melville oder in den Maigrets. Vor ein paar Tagen noch haben wir auf der Fahrt von Frankfurt hierher gelacht und gesungen. *»Quatre heures du matin, c'est déjà demain«*, trällerte meine Mutter oder *»La mer«* von Charles Trenet. Mein Vater sang jiddische Lieder oder übersetzte deutsche Schlager ins Jiddische, was sehr komisch klang: *»Soj oder asoj is dus lebn, soj oder asoj is es git ...«*

Bei Autofahrten provoziere ich meinen Vater immer auf der fast leeren Autobahn, schneller und schneller zu fahren. Ich kann es nicht ertragen, wenn noch einer vor uns fährt. Ich stehe hinter den Vordersitzen und schaue zwischen meinen Eltern hinaus auf die Straße und juchze jedes Mal vor Freude, wenn mein Vater wieder einen anderen Wagen überholt. Und jetzt? Sitzt mein Onkel hinter dem Steuer und fährt uns schweigend und besorgt zu unserem Hotel.

Meine Mutter bleibt auf dem Zimmer. Ich gehe mit dem Onkel ins Restaurant, wo wir uns ein Wiener Schnitzel teilen, weil es so groß ist wie ein »Abtrittsdeckel«, sagt David. Ich weiß zwar nicht, was das ist, aber es klingt ziemlich umfangreich.

Ich bin enttäuscht, dass David mich wieder aufs Zimmer schickt, er habe noch etwas zu erledigen.

»Was hat er hier zu erledigen?«, frage ich meine Mutter.

Sie eiert herum, dann sagt sie: »Er wird *zocken* gehen. Kunststück, er ist der Bruder deines Vaters.«

Ich bin entsetzt. Da liegt mein Vater halbtot im Krankenhaus, und Onkel David hat nichts Besseres zu tun, als sich zu amüsieren. Meine Mutter kann mich nicht zurückhalten, ich renne aus der Tür.

Ich kenne den Weg zum Spielcasino und bin in wenigen Minuten dort. Ich gehe die Treppe nach oben, schaue durch die Drehtür in die pompöse Halle mit den Marmorsäulen. Ich laufe an der Fensterfront entlang und hoffe, zwischen den Vorhängen einen Blick auf die Roulette-Tische und die Blackjack-Pulte zu erhaschen.

Dann sehe ich ihn. Er hat sich vom Roulette erhoben und geht. Ich laufe zurück zum Haupteingang, wo er mich völlig überrascht wahrnimmt. Als er aus der Drehtür kommt, nimmt er meine Hand, wir gehen die Treppe hinunter.

»Hast du was gewonnen?«

»Ich gewinne immer«, sagt er, »denn ich spiele nur einfache Chancen.«

»Was ist das?«

»Rot oder schwarz, gerade oder ungerade. Man bekommt das als Gewinn, was man gesetzt hat.«

»Und?«

»Ich habe tausend Schilling auf Rot gesetzt, und Rot ist gekommen.«

»Dann hast du tausend gewonnen!«

»Genau so ist es. Unser Benzingeld für morgen.«

»Für morgen?«

»Wir fahren zurück nach Frankfurt, nur wir zwei.«

»Darf ich vorn sitzen?«

»Klar.«

Ich nehme seine Hand und drücke sie ganz fest.

Dann muss ich an meinen armen Vater denken, der irgendwo in Salzburg in einem Krankenhaus liegt und bestimmt weint.

Und ich komme mir vor wie ein Verräter.

Noch heute.

Dagmar

Es ist März 1953. Die Vögel zwitschern, die Luft ist mild. Ich sitze am Bett meines Vaters im elterlichen Schlafzimmer. Ich lese ihm aus der Zeitung vor, so gut ich es mit acht vermag. Stalin ist gestorben, und mein Vater versucht mir zu erklären, wer das war. Seit seinem Schlaganfall hat er große Fortschritte gemacht und sieht nicht mehr furchterregend aus. Er spricht wieder wie ein Mensch, nur langsamer als früher. Manchmal sucht er noch nach Worten.

Seitdem er wieder laufen kann, am Stock zwar, aber immerhin, ist er gern unterwegs, geht in sein geliebtes Café Kranzler oder zum Zocken zu Heuberger. Ins Geschäft kommt er nicht regelmäßig, es strengt ihn an. Meine Mutter geht halbtags hin, löst sich mit meinem Onkel David ab. Der Schlaganfall ist gut ein halbes Jahr her, da schnappt sich mein Vater plötzlich die Autoschlüssel und geht.

»Wo wollen Sie hin, Herr Bergmann?«, fragt die brave Frieda, das Hausmädchen. »Sie können doch noch nicht Auto fahren.«

»Aber laufen kann ich auch nicht«, sagt er verschmitzt.

Frieda findet das nicht amüsant. Sie fühlt sich verantwortlich, wenn meine Mutter nicht da ist.

Einige Stunden später klingelt das Telefon. Mein Vater. Er ist in München! Meine Mutter trifft jetzt ihrerseits fast der Schlag. Er hatte Lust, nach München zu fahren, mal wieder richtig Gas zu geben auf der Autobahn. In München besucht er einen alten Freund, Charly Margulis. Man kennt sich aus dem Lager. Der Abend endet im Casino von Bad Wiessee, wie kann es anders sein.

Einige Wochen danach geht es ihm schlecht. Er kommt in die Uniklinik. »Nein, mit dem Schlaganfall hat es nichts zu tun«, sagt der Doktor zu meiner Mutter, nachdem mein Vater intensiv untersucht wurde, »Ihr Mann leidet an Leukämie!«

Leukämie! Was für ein Schock! Zuerst der Schlag und jetzt das.

So kommt es, dass Onkel David meinem Vater einmal im Monat Blut spendet. Von Mensch zu Mensch, direkt. Sie liegen nebeneinander, das Blut fließt aus David heraus, in meinen Vater hinein. Das verbindet die beiden Brüder noch mehr. Die Dankbarkeit überdeckt die Konflikte.

Die ganze Situation ist besonders schwierig für meine bedauernswerte Mama, denn was sie auch immer an berechtigten Beschwerden gegen ihren unzuverlässigen Schwager vorzubringen hat, mein Vater tut es ab und kontert stets mit Davids selbstloser Hilfe. Aber es soll noch schlimmer kommen …

Ich sehe diesen Moment deutlich vor mir, als es klingelt und Frieda die Tür öffnet. Neugierig drücke ich mich an ihr vorbei, erblicke ein Mädchen. Blonde Zöpfe, blauäugig, weiße Bluse, blauer Rock, weiße Kniestrümpfe.

»Guten Tag«, sagt das Mädchen, »ist Herr Bergmann zu sprechen, Herr Emanuel Bergmann?«

»Er ist krank«, sagt Frieda, »um was geht es?«

»Das muss ich ihm selber sagen.«

»Einen Moment bitte«, sagt Frieda, lässt die Tür ein Stück weit offen stehen und ruft nach meiner Mutter.

Ich stehe dem Mädchen gegenüber und schau es an. Ein hübsches Gesicht, ein freundliches Lächeln.

»Und wie heißt du?«, fragt das Mädchen.

»Michel.«

»Wie alt bist du?«

»Acht. Und du?«

»Sechzehn. Doppelt so alt wie du.«

»Und wie heißt du?«

»Dagmar.«

»Komischer Name.«

»Es ist ein dänischer Name. Es heißt so was wie ›heller Tag‹.«

»Kommst du aus Dänemark?«

»Nein, ich komme aus Frankfurt. Aber meine Urahnen kommen von dort, glaube ich jedenfalls.«

Meine Mutter schiebt mich zur Seite.

»Ja, bitte, was möchtest du von meinem Mann?«

»Wie soll ich das sagen? Also, es ist so, ich glaube, ich bin seine Tochter!«

»Das kann nicht sein«, sagt meine Mutter schnell, »mein Mann war vor dem Krieg verheiratet und hat aus dieser Ehe eine Tochter. Sie ist dreißig und lebt in New York. Wann bist du geboren?«

»1937.«

»Da war mein Mann bereits in Paris. Er ist '33 nach Frankreich.«

»Könnten Sie ihn bitte fragen, ob er eine Ingelore Hansen kannte?«

Es kommt selten vor, dass die große Schiebetür zwischen dem Salon und dem Esszimmer geschlossen ist, aber heute ist es der Fall, sodass ich mich auf den Boden legen muss, mein Ohr fast auf dem Parkett, um mitzubekommen, was im Salon geredet wird. Frieda sitzt hinter mir am Esstisch und stopft Strümpfe und tut so, als sei sie voll darauf konzentriert.

Auf jeden Fall sah ich meinen Vater vor ein paar Minuten in seinem blauen Bademantel in den Salon schlurfen, wo Dagmar bereits sitzt und gemeinsam mit meiner Mutter auf ihn wartet.

Die Situation ist angespannt.

Mein Vater redet stockend und leise, aber ich bekomme alles mit. Es stellt sich heraus, dass er in den frühen Dreißigern mit einer Angestellten seines Geschäfts ein Verhältnis begann, das über die Arisierung hinaus Bestand hatte. Ihr Name war Ingelore. Selbst als er schon in Paris lebte, fuhr er regelmäßig nach Frankfurt, wo er sich mit ihr traf.

Als sie ihm schrieb, dass sie schwanger sei, schickte er ihr Geld, stellte aber seine Besuche in Deutschland ein und meldete sich irgendwann nicht mehr bei ihr. Das war nicht nett, aber was sollte er tun?

Niemand sollte mitbekommen, dass der Vater des Kindes Jude war, das Kind nach dem Gesetz zum Schutz arischen Blutes also halbjüdisch und dass Ingelore sich strafbar gemacht hatte. So erfand die junge Frau die Legende von einem Piloten der Legion Condor und dessen Absturz während des Spanischen Bürgerkriegs.

Aber außer Ingelore und meinem Vater gab es noch eine Person, die um das Geheimnis wusste und die sowohl Ingelore als später auch Dagmar dadurch das Leben zu Hölle machte: Agnes Hansen, Ingelores Mutter, Dagmars Großmutter, eine überzeugte Nationalsozialistin und fanatische Hitler-Verehrerin. Bereits während ihrer Schwangerschaft und nach der Geburt des Mädchens musste sich Ingelore anhören, was für ein verkommenes Subjekt sie sei und ihr Judenbankert dazu! Ingelore verließ ihre Mutter und lebte fortan mit ihrer kleinen Tochter in Höchst, einem Vorort von Frankfurt, wo sie sich mit Akkordarbeit bei den Farbwerken über Wasser hielt. Dann begann der Krieg.

Nach einem Bombenangriff auf die Fabrik zog sie gezwungenermaßen zu ihrer Mutter und musste sich wieder die täglichen Beschimpfungen anhören. Als im März 44 die schwersten Bombardements auf Frankfurt niedergingen, bekam das Haus der Großmutter einen Volltreffer, der Ingelore tötete. Dagmar war sieben Jahre alt und ihrer Großmutter völlig ausgeliefert. Irgendwie schafften es die beiden durch die schwere Zeit. Schon kurz nach dem Krieg begann Agnes Hansen nach dem Vater ihrer Enkeltochter zu forschen. Als sie vor Kurzem erfuhr, dass Emanuel Bergmann zurück in Frankfurt sei und in der Bockenheimer Landstraße wohne, packte sie Dagmars Koffer und sagte:

»Mach dich zu deim Vadder! Un lass dich hier net mehr blicke!«

So verließ das sechzehnjährige Mädchen Dagmar die Wohnung der schrecklichen Großmutter in der Altkönigstraße. Es waren nur zehn Minuten Fußweg bis zu unserer Tür.

Meine Mutter war bestimmt maßlos enttäuscht, fühlte sich verraten und belogen, aber zeigte auch in dieser extremen Situation Haltung. Während mein Vater betroffen schweigt, höre ich sie sagen:

»Du bleibst jetzt bei uns. Wir sind jetzt deine Familie.«

Dagmar springt auf, stürzt sich schluchzend in die Arme meiner Mutter. Auch meinen Vater höre ich weinen und dabei sagen:

»Lotte, Lotte! Ich weiß nicht, was ich sagen soll.«

Meine Mutter ruft jetzt nach mir, sie ahnt, ich bin nicht weit.

»Mimi, er heißt Michel, aber wir nennen ihn Mimi, kommst du mal?«

Auftritt Mimi: Ich schiebe die beiden Flügel auf und betrete den Salon.

»Das ist Dagmar, du kennst sie ja bereits. Sie ist deine Halb… Unsinn, du hast ab heute eine Schwester, fertig.«

»Wohnt sie jetzt bei uns?«

»Ja. In deinem Zimmer.«

»Und ich?«

»Du kriegst Papas Büro.«

»Das ist viel zu klein.«

»Du bist ja auch klein.«

Ich schaue zu meinem Vater. Er wischt sich mit einem weißen Taschentuch die Augen.

»Papa?«

»Wir machen es so, wie deine Mutter sagt.«

Während wir Dagmars Koffer leeren, ihre Kleider in meinen Schrank tun, meine Klamotten ins sogenannte Büro meines Vaters tragen, reden wir und reden. Sie geht in die

Realschule, macht Mittlere Reife. Sie ist froh, dass die Schule dann vorüber ist. Sie will arbeiten, vielleicht eine Lehre machen, Geld verdienen.

Welchen Schlager ich gut finde?

»Pack die Badehose ein.«

Sie findet *O mein Papa* besser.

Ich singe das Badehosenlied für sie. Sie lacht. Ich habe sie schon jetzt ziemlich gern.

Am nächsten Tag geht meine Mutter plötzlich fort – ohne zu sagen, wohin. Später erzählt sie:

»Ich klingle. Die alte *klafte* macht auf. ›Ich bin die Frau von Emanuel Bergmann‹, sage ich. ›Dagmar lebt jetzt bei uns. Ich brauche alle ihre Papiere. Und eine Einwilligung von Ihnen. Hier, habe ich vorbereitet. Mein Mann wird die Vaterschaft anerkennen. Er ist ab sofort der Erziehungsberechtigte. Dagmar heißt jetzt Bergmann.‹

›Bergmann, Bergmann! Ja, jetzt kommt er‹, schreit sie los, ›nachdem alles vorbei ist! Was ich mitgemacht habe!‹

›Sie?‹, sage ich zu ihr. ›Was *Sie* mitgemacht haben? Die Papiere‹, sage ich. ›Und wenn ich mich weigere‹, sagt die Alte. ›Dann hau ich Ihnen eine rein, hier und jetzt‹, sage ich. Ihr hättet sehen sollen, wie schnell ich alles hatte.«

So kommt Dagmar Bergmann zu uns ins Haus. Von nun an begleitet sie uns überallhin, und es ist so, als sei sie schon immer bei uns gewesen. Mein Vater bringt ihr das Jüdischsein bei. Auch in die Synagoge nehmen wir sie mit. Leider müssen wir auf dem Weg dorthin immer an der Altkönigstraße vorbei, und sie muss zittern, weil sie an die schreckliche Großmutter denkt. Ich biete ihr an, die Alte umzubringen, wenn ich mal groß bin. Aber das will sie auch nicht.

Es gibt Zeugnisse. Ich bin versetzt in die dritte Klasse, mein Zeugnis ist okay. Dagmars Zeugnis ist klasse, sie hat die Mittlere Reife gut geschafft. In Französisch ist sie sehr gut, auch im Englischen. Aber sie weiß nicht, was sie mal werden will. »Mannequin«, antwortet sie, wenn man sie fragt, aber meine Mutter blockt sofort ab. »Du wirst einen anständigen Beruf erlernen. Was ist mit Kosmetikerin?«

Das sagt Dagmar nicht so zu. Andern im Gesicht rumfummeln, nein danke. Ratlosigkeit macht sich breit. Onkel David hat eine Idee. Ein Bekannter von ihm hat ein kleines, aber edles Hotel in Sachsenhausen, in der Zeppelinallee, die zu dieser Zeit noch nicht Kennedyallee heißt. Der würde Dagmar anstellen, aber erst, wenn sie eine Hotelfachschule besucht hat. Danach könnte sie sogar Geschäftsführerin werden und später ein eigenes Hotel eröffnen. Dann würden wir immer umsonst wohnen.

Und so begibt es sich, dass meine neue Schwester Dagmar uns wieder verlässt, um für ein Jahr nach Lausanne auf die Hotelfachschule zu gehen. Es kostet zwar einiges, aber meine Mutter besteht darauf, dass wir alles tun, damit Dagmar einen guten Start ins Leben hat.

Und ich bekomme mein Zimmer wieder.

Dunkle Wolken

Eigentlich fühlt sich mein Vater außerstande, solch einen Prozess durchzustehen. Er hatte den Schlaganfall, dessen Auswirkungen noch immer spürbar sind, darauf folgt Leukämie, die immer in Schüben auftritt, wobei jeder Schub sein Ende bedeuten könnte. Aber sein Freund, unser Anwalt Dr. Jean Lubinski, gibt keine Ruhe.

»Willst du es den Deutschen schenken? Es steht dir zu. Schau dich an. Sie sind doch schuld, dass es dir so beschissen geht!«

Schließlich willigt er ein:

Klage gegen die Bundesrepublik Deutschland auf Wiedergutmachung von erlittenen gesundheitlichen und materiellen Schäden sowie Verlust von Familienangehörigen.

Meine Mutter ist nicht glücklich über diese Situation. Ihr wäre es am liebsten, er würde auf die Entschädigung verzichten.

»Ich will nichts von denen«, sagt sie, »und du wirst zugrunde gehen an diesem Scheißprozess!«

»Ich tue es für euch«, sagt mein Vater. »Wenn ich mal nicht mehr bin, habt ihr wenigstens etwas Geld.«

Und so kommt es, dass mein Vater, der kaum lange stehen kann, gezeichnet von einer tödlichen Krankheit, sich erheben muss vor einem deutschen Gericht, das darüber zu befinden hat, ob es rechtens war, ihm sein Geschäft wegzunehmen, seine Familie zu ermorden und ihn so zuzurichten.

Dem Staatsanwalt mit seiner schnarrenden Stimme und seinem Schmiss scheint es Vergnügen zu bereiten, den Kläger zu quälen, ihm Fangfragen zu stellen und seinen eloquenten, jüdischen Anwalt zu kompromittieren.

Mein armer Vater muss beweisen, dass man das Geschäft gegen den Willen der Eigentümer arisiert hat, dass fast der gesamte Erlös in eine sogenannte »Reichsfluchtsteuer« geflossen ist, dass er in den verschiedenen Lagern und Gefängnissen unter anderem auf den Kopf und auf die Milz geschlagen wurde und dass diese Schäden schließlich zu seinen Krankheiten geführt haben. Darüber hinaus muss der Verlust von insgesamt einundzwanzig Angehörigen »kompensiert« werden.

Ärztliche Gutachten werden gefordert und erstellt. Eine Krankenakte aus den Zwanzigerjahren soll beweisen, dass mein Vater bereits als junger Mann an einer Splenomegalie litt, einer krankhaften Vergrößerung der Milz.

Meine Mutter erscheint ein einziges Mal im Gerichtssaal, um den Hergang des Schlaganfalls zu bezeugen.

Ob es nicht sein könne, dass sich der Mann vorher dermaßen erregt habe, dass der Hirnschlag als unmittelbare Folge ebendieser Erregung eingetreten sei, will der Staatsanwalt, der die Bundesrepublik zu vertreten hat, wissen.

»Schämen Sie sich«, antwortet da meine Mutter, »ich wünsche Ihnen von ganzem Herzen einen Kopf voller Läuse und zu kurze Arme, um sich zu kratzen!«

Um eine Ordnungsstrafe zu vermeiden, wird sie des Saales verwiesen.

Trotz dieser unqualifizierten Einlassung der Zeugin Charlotte Bergmann, geborene Meinstein, erhält mein Vater eine Entschädigung, an der er meinen Onkel beteiligt.

Es bleibt immerhin so viel, dass er ein Grundstück in Frankfurt kaufen könnte, um später darauf ein Haus zu bauen und so die Basis für eine Immobilienkarriere zu haben. Aber meine rigorose Mutter lehnt diese Spekulation kategorisch ab.

Sie will in diesem »verschissenen« Land nichts besitzen, erklärt sie meinem Vater. Sie will nur weg. So hat er es versprochen.

So soll es sein.

Ein echter Lichtblick und eine moralische Stütze in diesen dumpfen Wochen ist meine Schwester Dagmar, die inzwischen die Hotelfachschule in der Schweiz erfolgreich beendet hat und jetzt, wie zugesagt, am Empfang des Hotels Zeppelin in der Zeppelinallee arbeitet. Sie ist mittlerweile achtzehn Jahre alt und eine bildschöne junge, blonde Frau.

Das findet auch der Schweizer Geschäftsmann Urs Heger, der seit Jahren regelmäßig die Frankfurter Messe besucht und zu diesem Behufe stets im Zeppelin nächtigt. Urs lebt in Zürich, ist zweiunddreißig und verheiratet. Dagmar, so wird sie meiner Mutter später verraten, hat sich in der ersten Sekunde in diesen Mann verliebt. Warum, kann keiner nachvollziehen. Für uns ist er ein humorloser Schweizer *klotz,* eins neunzig groß, absolut charmefrei.

Zu Beginn spricht meine Mutter noch verhalten diplomatisch Warnungen aus wie: »Du hast das ganze Leben vor dir, du wirst noch viele andere Männer kennenlernen, nimm nicht den Erstbesten, komm erst einmal im Job weiter.«

»Wenn einer schon *Urs* heißt, na stell dir vor«, sagt mein Onkel David, »auch ein Name!« Er hatte bereits eine gute Partie im Auge, einen jungen Mediziner aus bestem (und vermögendem) Hause. Selbstverständlich jüdisch. Mein Onkel ist bereit, da was zu arrangieren. Als *schadchen* ist er gefürchtet.

Und selbst meinem harmoniesüchtigen Vater passt es nicht, dass dieser Schweizer verheiratet ist und auch noch ein *goj* dazu.

Aber alles Reden, alle Intrigen und Kabalen führen ins Nichts, denn Dagmar hat es sich in den Kopf gesetzt, diesen Yeti zu ehelichen. Urs lässt sich scheiden, heiratet Dagmar heimlich in Abwesenheit unserer Familie, und wie erwartet kommt auch bald ein Kind zur Welt, mein Neffe Daniel.

Das alles erlebt mein Vater nicht mehr.

Zeitenwende

Trotz seiner schweren Krankheit und der Tatsache, dass er in den letzten Monaten öfter sagte: »Wenn ich mal nicht mehr bin«, ist es ein großer Schock. An einem Samstagmittag kommt er in die Uniklinik, am folgenden Sonntag ist meine Mutter nur kurz zu Hause, um frische Unterwäsche für ihn einzupacken. »Er schwitzt ja *nebbich* so.«

Als sie zurück ins Krankenhaus geht und die Tür zum Krankenzimmer öffnet, stehen da zwei brennende Kerzen und ein Kreuz ist zu sehen! Die Hände meines Vaters sind gefaltet und meine Mutter schreit und rennt aus dem Zimmer, die Krankenschwester kommt gelaufen, entschuldigt sich und ist untröstlich, und der Stationsarzt wettert, weil man die Frau nicht abgefangen hat, wie es vorgesehen war, obwohl er doch ausdrücklich gesagt hatte, dass er unbedingt mit ihr sprechen müsse, bevor sie das Zimmer ihres Mannes betritt. Aber jetzt ist es verpatzt. Dumme Sache.

»Keiner weiß, wie es passiert ist«, sagt der Doktor ein paar Minuten später auf dem Flur zu meiner Mutter. »Schwester Waltraud stand neben dem Bett Ihres Gatten und hat die Infusion gewechselt.« Die Schwester nickt ernst. »Da hat er plötzlich einen tiefen Seufzer gemacht, und das war's. Niemand konnte das vorhersehen, glauben Sie mir bitte, gnädige Frau, es ist das Schicksal.«

»Mit sechzig«, schluchzt meine Mutter.

»Ja, Sie haben recht, das ist sehr ungerecht, das ist kein Alter. Ein junger Mensch noch quasi. Aber die schwere Krankheit, nicht wahr?«

Der Arzt und meine Mutter gehen ins Krankenzimmer, wo mein toter Vater in seinem Bett liegt.

»Man darf niemals vergessen, was er *nebbich* durchgemacht hat«, sagt meine Mutter. Sie weint und redet gleichzeitig ununterbrochen. Der Arzt tut so, als würde ihn das Schicksal meines Vaters interessieren. »In Polen. Mein Mann kommt aus Polen. Die Armut. Unvorstellbar. Die Pogrome nach dem Ersten Krieg. Es waren schwere Zeiten. Dann ist er nach Wien, dann weiter nach Frankfurt. Das Geschäft eröffnet. In der Goethestraße. Er hat sich was aufgebaut mit seinen Brüdern. Dann kam Hitler. Man hat es ihnen kaputt gemacht. Die Nazis. Fliehen musste er, nach Paris. Dann kam der Krieg. Die Deutschen. Nur ein Bruder ist ihm geblieben von sechs Geschwistern. Das KZ. Die Schläge auf den Kopf und auf die Milz. Das hat das ausgelöst. Der Hirnschlag. Dann die Leukämie. Ein Mensch soll das aushalten?«

»Es war eine Erlösung, gnä' Frau, glauben Sie mir«, sagt der Arzt hilflos, um dann dranzuhängen: »Gut, das sagt sich so leicht.«

Meine Mutter zeigt auf meinen Vater und sagt: »Das geht nicht!«

»Wie? Die gefalteten Hände? Ach ja, bei Ihnen ist das anders. Die kriegen wir noch auseinander.«

»Man muss ihn auf den Boden legen«, bestimmt meine Mutter jetzt.

»Ihn auf den Boden legen? Warum?«

»Darum! Fragen Sie nicht. Legen Sie ihn auf den Boden!«

»Merkwürdig. Na ja, wenn das so üblich ist in Ihrer Religion.«

»Und weg mit dem Kreuz!«

»Was? Auch kein Kreuz? Bitte schön. Wie Sie möchten. Wir haben es nur gut gemeint.«

Der Tod meines Vaters ist für meine Mutter extrem hart. Obgleich er ja bedingt durch seine Krankheiten im alltäglichen Leben für sie keine große Stütze war, im Gegenteil, fehlt ihr dieser geliebte Mensch nun sehr, sie fühlt sich alleingelassen und teilweise überfordert. Gewiss, es gibt meinen Onkel David, der *a mensch* ist, aber im täglichen Leben keine Hilfe. In puncto Verlässlichkeit hat er Nachholbedarf. Unsere Frieda ist die gute Seele des Hauses, aber von bravem, schlichtem Gemüt und für die Ellbogengesellschaft ungeeignet.

Als Mädchen von sechzehn ist sie aus dem umkämpften Breslau geflohen und wurde einige Male von Sowjetsoldaten vergewaltigt. Diese Ereignisse haben sich wie Mehltau über ihre geschundene Seele gelegt. Sie ist misstrauisch, ängstlich und ohne jedes private Bedürfnis. Selbst an ihrem freien Sonntag erscheint sie, um meiner Mutter zur Hand zu gehen, und ist gekränkt, wenn sie wieder auf ihr Zimmer unter dem Dach zurückgeschickt wird.

»Machen Sie sich einen schönen Tag«, sagt meine Mutter, »das ist ein Befehl!«

Aber Frieda weiß nicht, wie das gehen soll – ein schöner Tag.

Für mich beginnt das Leben nach Vaters Tod wie eine Fahrt in einer Achterbahn. Schon zwei Jahre vor meiner *bar-mizwa* werde ich erwachsen, denn nun bin *ich* es, mit dem meine Mutter ihre täglichen Sorgen bespricht, ihren Ärger mit den Teilachern, dem unglücklichen Erbe, den Banken, den Finanzen, der Verantwortung und der nächtlichen Verzweiflung, wenn alles über ihr einzustürzen droht. Einerseits versucht sie die Sorgen von mir fernzuhalten, andererseits weiht sie mich in alles ein und erkennt nicht, wie sehr das an mir nagt, während sie bereits wieder zur Tagesordnung übergegangen ist.

Ein Jahr zuvor hat meine Mutter drei Monate in Paris verbracht, wo sie einen exklusiven Kosmetikkurs belegt hat, den meine Tante Sophie ihr finanzierte. Der Plan ist, dass meine Mutter irgendwann das Geschäft in Frankfurt verkauft und in Paris einen *Salon de Beauté* eröffnet. Um nicht aus der Übung zu kommen, hat sie in der Vergangenheit ihre Bekannten hin und wieder kosmetisch beglückt. Dafür muss ich jedes Mal mein Zimmer räumen. Wie ich es anfangs beschreibe, gelingt es meiner Mutter, mich zu ihrem Partner und zum Überlaufbecken ihrer Seelenzustände zu machen, mich einzuweihen in ihre Befindlichkeiten, aber mich gleichzeitig wie das unmündige, ja unfähige Kind zu behandeln, das nur aus Undank besteht.

Während sie davon überzeugt ist, alles nur für mich und mein Wohlergehen zu machen, sich also »selbstlos« zurücknimmt, kommt ihr nie in den Sinn, dass ich das Opfer ihrer Rücksichtslosigkeit, ja Egomanie bin. Sie hat kein Verständnis für die Verletzungen, die sie meiner Seele zufügt, im Gegenteil, sie ist davon durchdrungen, eine gute, eine viel zu gute Mutter zu sein.

Die wunderbare kleine Frieda begreift das, subkutan, kann es aber nicht benennen. Wenn sie vorsichtig meine Mutter auf mentale Übergriffe hinweist, so erntet sie Unverständnis und meine Mutter erwidert: »Und wer schont mich?«

Das *pekl* meiner Mutter

Wir schreiben das Jahr 1956. Nach dem Tod meines Vaters muss meine Mutter ins kalte Wasser springen und Geschäftsfrau werden. Das fällt ihr nicht leicht, aber was soll sie machen? Mein Vater hat ihr einen unorganisierten Großhandel mit Weißwäsche und zwölf schlitzohrigen Teilachern hinterlassen, angeführt von meinem Onkel David, der alles ist, nur kein Geschäftsmann. Jedenfalls nicht im klassischen Sinn. Er kann seine *pekl* anpreisen, vor den Kunden an der Haustür ganze Melodramen aufführen, um ihnen so das Geld aus der Tasche zu ziehen, aber von Buchhaltung, von Bilanzen und Finanzen hat er keine Ahnung. Und von Sparsamkeit schon gar nicht. Er wäre als notorischer Spieler der geborene Pleitier, wenn die Geschäfte in den Jahren nach dem Krieg nicht so gut laufen würden, was nicht sein Verdienst ist. Genauso wenig wie das meines Vaters selig. Er war einen Hauch seriöser als sein jüngerer Bruder, aber ebenso dem Spiel verfallen – mit allen Konsequenzen. Das Geld rinnt den Bergmännern nur so durch die Hände. All das wird erst nach Vaters Tod so richtig deutlich.

Meine Mutter hat es nicht leicht, das Geschäft wieder in die Spur zu bekommen, und es dauert eine Weile, bis sich die Teilacher daran gewöhnt haben, dass es eine junge, clevere Frau ist, die ihnen auf die Finger schaut und ihnen sagt, wo und wie es in Zukunft langgeht.

Eines jedoch haben Bergkraut, Fajnbrot, Stieglitz, Eifir, Pick, Gottselig, Szoros, Wilcek, Fränkel, Verständig, Rosenthal, Sonnenreich und natürlich David Bergmann rasch kapiert:

Bei dieser Frau werden keine Gefangenen gemacht. Auf Spielchen lässt sich die »schwarze Witwe« nicht ein.

Das müssen auch jene »Geschäftsfreunde« und »Spielkameraden« meines Vaters lernen, die kurz nach seinem Tod mit Schuldscheinen auftauchen oder meiner Mutter von Versprechen und Zusagen erzählen, die er noch kurz vor seinem Ableben gegeben haben soll.

»Verklagen Sie mich«, sagt meine Mutter kalt, »aber Sie werden wenig Glück haben, weil ich das Erbe meines Mannes nicht annehme!«

Das hat ihr der Anwalt und langjährige Freund meines Vaters, Dr. Lubinski geraten, und das ist ein geschickter Schachzug angesichts der Schulden, die mein Vater hinterlässt.

So übernimmt meine Mutter mithilfe eines Kredits der Deutschen Hypotheken- und Wechselbank ein »jungfräuliches« Geschäft und holt sich, sehr zum Unwillen der Teilacher, einen aufrechten *gojischen* Buchhalter ins Haus, Herrn Nötzold, ein Sachse, der später ihr Teilhaber werden wird.

Nötzold ist ein hoch aufgeschossener, asketischer Naturbursche, der täglich aus Bornheim mit dem Fahrrad in die Innenstadt kommt, seine Stullen und seine Thermosflasche mit Kamillentee dabeihat und sich im Winter nackt mit

Schnee einreibt. Bei Nötzold gibt es keinen Schmu, er lässt nur »sechse gerade sein«, wie er launig sagt. Nicht nur deshalb wird er für die Teilacher zum Hassobjekt. Auch für David. Mein Onkel fühlt sich dazu noch übergangen, aber meine Mutter lässt ihm keine Wahl. Außerdem ist er in sie verliebt und bleibt es bis zu seinem Tod. Keine Liebe ist so stark wie die hoffnungslose.

Manchmal, nach der Schule, helfe ich meiner Mutter beim Paketepacken. Ich nehme die gefalteten Kartons, klappe sie auf, bestreiche die Unterseiten mit feuchtem, übelriechendem Leim und befestige das Klebeband. Vom langen Zuschneidetisch des Lagerraums aus schaut man in das Büro wie in eine Glaskanzel. Zwei wuchtige Schreibtische stehen sich gegenüber, darauf zwei schwarze Telefone mit Wählscheiben, Stempelkarussell, Stempelkissen, Löschpapierroller, Brieföffner und allerlei Papierkram und Aktenordner. An einem der Schreibtische sitzt Herr Nötzold und tippt mit affenartiger Geschwindigkeit auf einer Addiermaschine. Ihm gegenüber meine Mutter. Sie trägt einen offenen grauen Kittel. Seit mein Vater tot ist, sieht man sie niemals ohne Kippe im Mund. Egal ob sie redet, telefoniert oder sich schminkt. Sie raucht selbst unter der Dusche. Sie hat nach wenigen Monaten die Hälfte der Teilacher entlassen. Das hat zu Unmut geführt. Selbst Onkel David hat ihr widersprochen und sich für seine Kollegen eingesetzt. Genützt hat es nichts. Meine Mutter hat ihm freigestellt zu gehen. Im Gegensatz zu meinem Vater ist Lotte fürs Geschäft gemacht, ohne dass sie es vorher wusste. Sie kann verhandeln, kann Nein sagen, hat die Finanzen im Griff. Und sie hat keine Angst, sich unbeliebt zu machen.

Kürzlich kommt eine deutsche Kundin rein und sagt zu ihr: »Oh, Sie sind ja so schön braun!« Darauf meine Mutter: »Früher waren Sie braun, jetzt bin ich braun!« Das sitzt.

Einmal hört sie in der Straßenbahn einen Mann abfällige Bemerkungen über Juden machen. Sie zieht an der Klingelschnur, die Bahn hält kreischend, und sie sagt zu dem Mann: »So, hier steigst du aus, du Stück Dreck!« Der Mann wird feuerrot und trollt sich. Dann klingelt sie wieder, und die Bahn fährt los. Ja, meine Mutter lässt sich nichts gefallen. »Sie haben mich lang genug getreten, jetzt trete ich!«

Nach Hause

Für einen Moment verharre ich an der breiten Wohnungstür aus hellem Holz, an deren rechter Zarge eine *mesusa* hängt, die nicht zu übersehen ist. Ich betrachte sie und erinnere mich, wie meine Mutter einmal von einer Reise nach Israel zurückgekommen ist und sechs gleiche *mesusot* mitgebracht hat und die Verwandtschaft damit überschüttete. Meine liegt irgendwo in einem Karton. Als ich den Schlüssel in die Wohnungstür stecke, höre ich eine leise Stimme aus dem Hintergrund fragen:

»Monsieur?«

Ich dreh mich um, gehe ein paar Schritte über den Flur und begrüße die Nachbarin.

»Madame Jung!«

Ich beuge mich hinunter zu der winzigen alten Dame. Küsschen links und rechts.

»Wie geht es Ihrer *Maman*?«

»Viel besser.«

»Ach, das ist gut, *tant mieux*«, sagt sie, »das war ja furchtbar in der Nacht.«

»Ja, danke, dass Sie sich gekümmert haben, sonst …«

»Wir wollten ja am Morgen zum *supermarché* zusammen, Kommissionen machen. Und deshalb wollte ich wissen, wer fährt. Wenn ich würde fahren, lasse ich immer das

Auto warmlaufen vorher, so zehn Minuten. Das soll man tun, sonst geht der Motor kaputt. Das weiß ich noch von meinem Mann, das hat der immer getan. Und er hat mir gesagt, wenn ich mal tot bin, musst du immer den Motor laufen lassen vorher.«

Ich lächle und halte mich mit Belehrungen zurück. Soll sie doch mit laufendem Motor in der Tiefgarage stehen, im Stand Vollgas geben und an ihre Mythen glauben. Mehr als einmal haben sich Nachbarn über die Auspuffgase beschwert, aber Madame Jung lässt sich nicht davon abhalten, ihren verbeulten Peugeot 404 erst warmlaufen zu lassen, bevor sie schließlich den ersten Gang einlegt, sodass es wehtut, und ans Tageslicht knattert.

Sie sei eine *anständige gojete,* sagte meine Mutter einmal über die Nachbarin, um dann anzufügen: »Aber ihr Mann war doch *jenner* Nazi! In der Erde soll er verfaulen! Die Elsässer sind doch alle *rischesköppe.*«

»Warum lebst du dann hier?«, fragte ich.

»Wo soll ich sonst leben? Es gibt doch überall Antisemiten. In Hamburg habt ihr keine?«

Was sollte ich darauf antworten?

»Ich hoffe, dass meine Mutter heute noch nach Hause darf. Ich will rasch ein paar Sachen holen.«

»Soll ich Ihnen helfen?«, fragt Madame Jung, »Ich weiß ja, wo alles liegt.«

»Danke«, sage ich, »ich nehme nur Strümpfe, warme Stiefel, ihren Pelzmantel.«

»Bringen Sie ihr auch einen Wollschal und eine Mütze, es ist frisch heute.«

»Eine gute Idee, danke«, sage ich.

Als ich die Wohnung betrete, nehme ich sofort den typischen Geruch wahr. Eine Mischung aus Mottenkugeln, Möbelspray, *Eau de Javel* und Alter. Ich bleibe noch einen Moment stehen. Irgendwann werde ich diese Wohnung betreten müssen, um ihr Leben abzuwickeln. Ist es eine Sünde, jetzt daran zu denken? Ach was, sie wird mich überleben!

Ich betrete ihr Schlafzimmer. Die Unordnung ist ungewöhnlich, aber man hat sie ja aus dem Bett direkt in die Klinik verfrachtet. Mit ein paar Handgriffen ziehe ich den Bettbezug glatt und falte die Daunendecke. Ich schließe das Fenster.

Meine Mutter ist besessen vom Lüften. Immer ist irgendwo ein Fenster aufgeklappt, und es zieht und eine Tür knallt, und das bei vollem Heizbetrieb.

Im Schrank eine fast klinische Ordnung. Jedes Kleidungsstück in einem Kleidersack, alle Kleinteile in Plastik. Eine eindrucksvolle Sammlung von Handschuhen.

Der Pelzmantel ist trotz des Überzugs leicht auszumachen. Der Frotteeanzug liegt auf einem Stuhl. Schal und Wollmütze hängen im Flur an der Garderobe, das weiß ich.

Meine Mutter sitzt reisefertig und störrisch in ihrem rosafarbenen Jogginganzug auf ihrem Bett, während die Ärztin im Krankenzimmer aufgeregt hin- und herläuft. Ich lehne in der Ecke an der Wand. Die Zimmernachbarin tut so, als ob sie schliefe.

»Nein, natürlich kann ich Sie nicht gegen Ihren Willen hier festhalten, Madame, aber Sie sollen wissen, dass ich das nicht gutheiße«, sagt Frau Doktor Gurfein und klingt dabei fast beleidigt. »*Alors, comme je suis responsable,* hn, ich habe die Verantwortung für Sie, und stellen Sie sich vor, Ihnen passiert da draußen etwas, in den nächsten Tagen, oder Sie werden rückfällig und tun sich etwas an, dann wird man mich fragen. *C'est une vrai catastrophe, madame, quand-même, hn.*«

»Regen Sie sich ab. Mir passiert schon nichts. Außerdem bleibt mein Sohn so lange bei mir, bis ich wieder stabil bin. Stimmt's, *bubele*?«

Ich nicke stumm.

Die Ärztin schaut mich misstrauisch an und glaubt kein Wort. Sie wendet sich wieder an meine Mutter: »Madame, hier haben Sie Pflege, Sie sind medizinisch versorgt, *on s'occupe de vous ...*«

»Kümmern? Pflege? Versorgt? *Wichtigkeit!*« Meine Mutter wird laut. »Kommen Sie mir nicht mit Klinik! Ich werde Ihnen sagen, wie das hier läuft: Um acht Uhr abends muss ich schlafen, um sechs in der Früh wird man geweckt, der Fraß ist nicht runterzubekommen! Ein Kaffee soll das sein? Muckefuck!

Die Frau neben mir schnarcht wie ein Sägewerk. Und die drei Pillen kann ich auch zu Hause nehmen. Da kann ich wenigstens nachts aufstehen und die Television schauen oder was lesen.«

Die Gurfein macht einen letzten Versuch: »Ich finde, Sie brauchen Hilfe. Schon allein wegen Ihrem ... also, Ihr Sohn wird das sicher nicht machen.«

Meine Mutter weiß, was sie meint, und kontert sofort: »Niemand wird mir dabei helfen, niemand wird mich anfassen. Ich brauche keinen. Ich mache alles selbst, schon seit Jahren!«

Seit fast zehn Jahren hat meine Mutter einen *anus praeter,* ein Stoma, einen künstlichen Darmausgang. Und sie kommt tatsächlich gut damit zurecht. Man riecht nichts, man sieht nichts. Auch darin ist sie perfekt.

Für meine Mutter ist es ein Triumphzug, als wir über den Parkplatz zu meinem Wagen gehen. Sie in ihrem Nerzmantel. Sie will sich noch nicht einmal bei mir unterhaken. Alle sollen es mitbekommen, wie aufrecht und tadellos sie gehen kann. Auch ohne Stock. Besonders die Ärztin, diese Hexe, die soll es sehen und sich kränken.

Kaum fahren wir los, kommen wieder die Sätze, die ich seit Jahren kenne: »Warum hast du nicht Automatik? Jeder fährt heute Automatik, wer schaltet denn noch?«

»Madame Jung«, sage ich.

»Madame Jung!« Meine Mutter lacht hell auf. »Wenn die schaltet, denke ich jedes Mal, jetzt ist der Motor hin.«

Sie wird wieder ernst. »Wie dein Wagen aussieht. Man schämt sich ja. Machst du den nie sauber? Fahr wenigstens einmal durch die *lavage*. Ich gebe dir das Geld dafür.«

Diesmal bin ich glücklich, dass diese Mechanismen bei ihr noch intakt sind und verlässlich funktionieren, und so kommen meine Standardantworten so wie sie es erwartet, um ihre Gegenrede zu halten.

»Mir ist er sauber genug.«

»Und laut ist dein Wagen, wie ein Traktor. Machst du nie Inspektion? Ich fahre regelmäßig zur Inspektion. Und was meinst du, was er sagt dort, der *garagiste*?«

»Oh, Madame«, mache ich mich lustig, »ist der Wagen neu?«

»Du lachst. Er sagt *emmes:* Was, Ihr Wagen ist schon zwanzig Jahre alt, Madame, unglaublich, sieht doch aus wie neu. So gepflegt. Ihr Sohn könnte sich eine Scheibe davon abschneiden.«

Vor dem Supermarkt sucht sie die Lücke aus, in die ich flott rückwärts einparke, was sie bewundert.

»Na ja, du bist ein junger Mensch, du kannst dich noch umdrehen. Wenn ich mich umdrehe, fällt mir der Kopf ab.«

Den Einkaufswagen schiebt sie, indem sie ihre Unterarme darauf stützt. Sie ist wieder ganz die Alte.

Sie lästert über die Leute, regt sich über die Preise auf, findet es obszön, wie viel die Menschen kaufen und was sie kaufen. Und wie dick die Leute sind, früher gab es kaum Dicke, aber heute? Laut sagt sie:

»Diese *gojim*! Maßlos! Schau dir das an! Und dort drüben, der *grobbe*! *Jenner* kann doch kaum laufen, so *rausgefressen* ist der, im Wagen hat er Schokopudding, Nudeln, Cola, Wurst, Bier und noch Chips auch, schrecklich! Und die da drüben? Das Kind ist fast dicker als die Mutter. *Nebbich.*« Sie lässt nicht locker.

»Einen Monat bei mir, und das Kind wäre schlank. Die Eltern wissen nicht, was man dem Kind antut, wenn man es so mästet. Schau dir das an. In Leggings auch noch. Dir gesugt. Einen Arsch hat die, wie ein Brauereigaul!«

Die Frau scheint es gehört zu haben. Ich versinke im Erdboden.

Meine Mutter lächelt ihr zu: *»Bonjour, madame, ça va?«*

Die Frau schaut verwirrt, geht weiter. Uff!

Meine Mutter leise: »Du bist übrigens auch zu dick. Ihr esst viel zu fett. Sahne in die Soße. Das macht man doch heute nicht mehr. Siehst du nicht diese Sendung mit dem … Ding … dieser Arzt, der große, gutaussehende, der früher Arzt war, aus … Ding … na ja, das muss man sehen, wenn man was erfahren will über gesunde Ernährung. Wenn es mal wieder kommt, rufe ich euch an. Und ihr esst zu spät. Aber das weißt du ja selbst. Ob ich dir das sage oder nicht, du denkst, lass die nur quatschen, die Alte!«

Das ist meine Mutter! Sie lächelt mich an. Frisch, jung, verschmitzt. Dann ist sie unwiderstehlich. Ich spüre ihre Hand auf meinem Arm, ein leichtes Kneifen. Wir sind wieder Komplizen. Ich bin gerührt. In diesem Augenblick liebe ich sie über alles.

Das Wohnhaus ist ein großer Wohnblock aus den Sechzigern. Die Wohnungen wurden seinerzeit verkauft, als das Haus noch ein Rohbau war. Von den Balkonen an der breiten Avenue aus hat man einen Blick auf den alten Europarat gegenüber, ein altrosafarbener, geschmackloser Flugzeugträger. Rechts davon das neue Parlamentsgebäude. Einmal im Monat setzt sich ein Tross von über tausend Menschen von Brüssel aus in Bewegung, um eine Woche hier in Strasbourg zu tagen. So ist es mit den Franzosen vereinbart, und darauf bestehen sie ohne Wenn und Aber. Eine maßlose Geldvernichtung.

Wir stehen nebeneinander im vierten Stock auf dem Balkon und schauen zum verbauten Horizont. »Weißt du noch, wie schön das war, als wir hier eingezogen sind? Wie weit man schauen konnte. Jetzt sieht man diesen hässlichen

Klotz und dahinter nur HLM.« So nennt sie die Sozialbauten, *habitation à loyer modéré.*

»Das Viertel ist total runtergekommen. Die Rumänen betteln hier und brechen die Autos auf. Ich traue mich *oßer* raus. Picknick machen sie im Park und lassen alles liegen. Ich sage dir, da kommt was auf uns zu. Jeder will in die EU, und unsere blöden Politiker lassen jeden rein. Gott sei Dank muss ich das nicht mehr lang erleben.«

»Sag so was nicht«, bemerke ich mechanisch.

»Mal ehrlich, was habe ich noch vom Leben? Ich bin eine alte, kranke Frau. Jeder Tag ist eine Qual für mich. Ein Kaffee in der Orangerie, das ist alles. Mit den alten Schachteln. Auch *a vergniegen.*«

Ich will sie aufmuntern.

»Setz dich in dein Auto, schnapp dir Madame Jung oder Frau Frankl, und fahre rüber. Nach Offenburg oder in den Schwarzwald, wie früher.«

»Madame Jung? Da schlaf ich doch schon ein, wenn wir aus der Garage fahren. Und die Frankl? Du hast gut reden. Meinst du, sie würde mich einmal fragen, ob sie sich am Benzin beteiligen kann? Sie ist Millionärin. Apropos, du hast immer gesagt, ihr Sohn ist ein *schmock,* aber was soll ich dir sagen, der *schmock* verdient über eine Million im Monat! Und jetzt kommst du!«

Das geht wieder gegen mich, und ich bin im ersten Moment gekränkt. Dann fällt mir wieder ein, dass sie immer noch in alten Francs rechnet. Eine Million sind zehntausend Francs, also dreitausend Mark!

»Die Frankl! Außerdem ruft sie nie an.«

»Und du? Warum rufst du sie nicht an?«

»Ich muss sie anrufen? Was brauch ich sie anzurufen, wenn sie mich nicht anruft?«

»Dann verkauf dein Auto, wenn du es nicht mehr nutzt.«

»*Meschigge!* Ich bin froh, dass ich noch fahren kann. Das hält mich fit. Manchmal setze ich mich einfach rein und fahre irgendwohin. Am liebsten in die Vogesen. Herrlich, die Serpentinen. Ich liebe es, wenn die Reifen quietschen, das weißt du doch.«

Sie beugt sich über ihre Geranien und schaut nach unten.

»Du wirst nicht glauben, was ich manchmal denke. Es wäre gut, wenn ich da unten liegen würde. Ich würde mich einfach fallen lassen. Das war's dann.«

»Weißt du, was passieren wird, bei deinem *masel*«, sage ich, »du würdest auf den Rasen fallen, wärst querschnittsgelähmt, und ich könnte dich im Rollstuhl herumfahren.«

Sie lacht. Haut mir liebevoll auf die Schulter. Sie geht in die Küche.

»Ich mache eine Mazzeknödelsuppe, was meinst du?«

»Nicht nötig. Mach dir doch keine Arbeit.«

»Was heißt Arbeit? Ist doch schnell gemacht. Wenn mein Herr Sohn schon mal da ist. Da muss ich erst Schlaftabletten nehmen, damit du kommst.«

Gestern ein Kind

1960. Es ist ein leuchtender Sommernachmittag im Frankfurter Operncafé. Raunen, Klirren, helles Auflachen, dunkles Murmeln, Klappern. Die gut besuchte Terrasse unter den Markisen, die alles in ein unwirkliches, tröstliches Rot tauchen.

Wie sie da sitzt – eine Königin! So stolz, so schön. Und wohl wissend, wie schön sie ist. Mit ihrer makellosen, weichen, haselnussfarbenen Haut. In ihrem schwarzen, samtenen Kleid mit dem orangefarbenen Schal, der über ihrem sonnengebräunten Dekolleté zu schweben scheint. Mit ihren großen, tiefbraunen, vorwitzigen Augen, ihren dunkelroten, sinnlichen Lippen, die sie kokett spitzt. Mit wachem Gesicht, glänzend-schwarzem Haar und dem narkotisierenden Duft von Chanel N° 5. Ein verlockender, exotischer Vogel.

Das ist meine Mutter.

Wie sie jetzt, während ich mit ihr spreche, unverfroren auf die Menschen starrt, die an Nebentischen sitzen oder kommen oder gehen, und wie ich rede und rede und sie mir nicht zuhört und ich meine Erzählung unterbreche und sie verärgert frage: »Was habe ich eben gesagt?«

Und wie sie einfach weiterspricht: »Hast du die da drüben gesehen, wie die den Finger abspreizt, wenn sie ihre Tasse hochhebt. Dass der das keiner sagt, wie blöd das ausschaut?«

Und als ich sie anstarre und sie mit ihrer Weisheit kommt:

»Arroganz kann sich nicht jeder leisten, Arroganz muss man sich verdienen!«

»Mami«, sage ich, aber schon unterbricht sie mich und fügt an: »Du bist auch manchmal arrogant, aber das ist *überchochmezt,* weißt du das? Du bist zu klein. Wie dein Vater. Der war auch nicht groß. Und wenn ein kleiner Mann von oben herabsehen will auf andere … Nu, du siehst, schon die Beschreibung wirkt lächerlich.«

Sie lacht spitz auf, freut sich ungeniert über das treffende Beispiel, das ihr in den Sinn gekommen ist. Ihre unwirklich weißen Zähne strahlen.

Ich spüre Wut in mir aufsteigen, über die Art, wie sie ihre Worte in Stein meißelt, wie sie ihnen Absolutes verleiht. Diese dogmatischen Verlautbarungen kommen so unverschämt selbstverständlich aus ihrem Mund.

Mit der gleichen Bestimmtheit zündet sie sich eine Zigarette an und doziert dabei: »Weißt du, das ist wie mit dem Rauchen. Viele würden es lassen, wenn man sie davon überzeugen könnte, wie albern sie dabei aussehen. Den meisten Frauen steht das nicht, das Rauchen. Ihre Hände halten das Ding viel zu linkisch, so affektiert.«

Sie macht es jetzt vor und lacht mich dabei kumpelhaft an. »Und wie die dann rauchen!«

Sie hält die Zigarette bewusst unbeholfen zwischen ihren schlanken Fingern mit den langen, signalroten Nägeln, zieht schmatzend am Filter, der sich vom Lippenstift rötet, und imitiert paffende Frauen. Sie kommt nicht auf den Gedanken, dass es auch bei ihr blöd aussehen könnte. Und sie hat recht! Keine Frau raucht so perfekt, so lasziv wie sie, als wäre sie mit dem Glimmstängel zur Welt gekommen. Sie ist der Grund, weshalb ich später Raucher werde. Um ihr zu beweisen, dass ich mit Kippe auch klasse aussehe! Zuerst macht sie sich lustig, aber irgendwann sieht sie ein, dass die Roth-Händle in meinem Mundwinkel einem lässigen Film-noir-Klischee schon recht nah kommt.

Und damit ihrem Liebling Yves Montand. Apropos, für eine gewisse Zeit, nach dem Kriegsende in Paris, ist meine Mutter, laut ihrer Aussage, mit Simone Signoret befreundet, die aus Wiesbaden stammt und eigentlich auf den hübschen jüdischen Namen Henriette Kaminker hörte.

Wie dem auch sei, angeblich hatte deren Freund, Yves Montand, ein Auge auf meine ebenso attraktive Mama geworfen – was dazu geführt hat, dass sich die beiden Frauen dann entzweit haben. So weit die Geschichtsschreibung meiner Mutter, die ich über jene Zeit, wie auch manche ihrer Aussagen, anzweifle. (Doch nach ihrem Tod werde ich im Chaos ihrer nachgelassenen Dokumente und Bilder in der Tat ein gezacktes Foto entdecken, auf dem sie und Simone Signoret in die Kamera grinsen.)

Meine Mutter ist auf eine fast unerträgliche Weise mit sich im Reinen. Sie hat es geschafft. Das ist für eine alleinstehende, vierundvierzigjährige Frau und Geschäftsinhaberin sowie Mutter eines schwierigen Einzelkinds selbst in den Zeiten des Wirtschaftswunders keine Kleinigkeit. Und besonders dann nicht, wenn der jahrelang dahinsiechende Gatte eine marode Firma mit zwölf schlitzohrigen jüdischen Handlungsreisenden und eine Menge Verbindlichkeiten hinterlässt, von denen viele sich erst in Form von dubiosen Schuldscheinen nach seinem Tod materialisieren.

Als mein Vater starb, war ich elf und nicht in der Lage, schicksalsschwere Zusammenhänge zu begreifen. Ich hatte keine Ahnung davon, was Existenzsorgen bedeuten. Meine Kindheit beschränkte sich auf nicht enden wollende Nachmittage in Sandalen und kurzen Hosen. Wenn man keine situative Erfahrung hat, kann man nicht empathisch sein.

Mir war durchaus bewusst, dass der Tod meines Vaters für meine Mutter eine Katastrophe darstellte, und ich selber war viele Monate von einer aggressiven Traurigkeit umfangen, in der ich jedem meiner Klassenkameraden den Vater missgönnte, aber ich sah meine Welt lediglich durch meine ungeübten Augen, ich war noch werdend. Meine Mutter, so schien es mir, hatte mir mein Leben vor die Nase gestellt, und ich musste mich nun hineintasten.

Jetzt sitze ich ihr gegenüber, dieser präpotenten und im wahrsten Sinne perfekten Frau, an jenem Sommertag in Frankfurt. Sie hat sich erschaffen und mitten ins Leben gesetzt! Von vielen bewundert, von manchen gefürchtet, von einigen obsessiv begehrt, aber stets sich selbst genug. Sie liebt mich, so wie sie zu lieben vermag, besitzergreifend, mit aller Besessenheit und allen Einschränkungen, daran habe ich keinen Zweifel.

Aber ich bin nicht in ihrem Sinne geraten. Ich erfülle nicht ihre übermenschlichen Erwartungen.

Ich kann ihre wunderbaren Eltern, genialen Geschwister,

großartigen Cousinen und Cousins nicht ersetzen. Sie wurden vom Höllenfeuer verschlungen, und ich kann deren Leben nicht fortführen. Obwohl das offenbar meine Bestimmung ist!

Ein elegant gekleideter Mann nähert sich, nickt, kommt heran, gibt meiner Mutter einen Handkuss, den sie ihm gnädig gewährt. Er berührt einen freien Stuhl, will sich setzen, meine Mutter verbietet es ihm relativ unfreundlich.

Nach einigen verlegenen Floskeln verschwindet er in der Menge.

Kaum geschehen, fällt sie über ihn her: »Dieser *ganef*! *A stick dreck!* Dass der es überhaupt noch wagt, mich zu begrüßen! Der Schlag soll ihn treffen, den Verbrecher. Was der deinem Vater angetan hat.«

Sie kann fluchen und lächeln zugleich.

»Wo waren wir stehengeblieben?«

Bei mir. Sie schaut mich an, so wie man eine Bakterienkultur in der Petrischale beobachtet, emotionslos.

»Genau, du bist zu klein, zu pummelig, zu unsportlich, zu unauffällig«, flüstert sie laut.

Meine schulischen Leistungen würden nicht synchron mit meinen sonstigen Fähigkeiten laufen, und das betrübt sie.

Sie sieht es als Undankbarkeit meinerseits an, dass ich nicht fortführe, was ihr in meinem Alter versagt war, weil sie das Gymnasium verlassen musste, 1933. Wo ich doch alle Anlagen habe.

»Wie kann ein so intelligenter Junge so faul sein, so nachlässig, so schlampig, so apathisch? Alles begonnen und aufgehört: Klavier, Tennis, Hebräisch. Und immer sind die

Lehrer schuld. Du glaubst, alles wird dir geschenkt im Leben. Wie willst du je Arzt werden?«

Arzt! Das ist der Beruf, den sie für mich vorgesehen hat und der auch die Ermordeten mit Stolz erfüllen wird: Professor Doktor Bergmann, Krebskiller und Nobelpreisträger mit eigener Klinik. Das ist das Mindeste.

Während sie auf mich einredet, mich kleinmacht und mir tonnenweise Schuld auflädt, grüßt sie lächelnd nach links und rechts und beschwört mich, gefälligst ein freundliches Gesicht zu machen, ihr zuliebe.

»Ist das vielleicht zu viel verlangt?«

Irgendwann ist die Beschimpfung jäh zu Ende, und auch ich habe umgehend zu schweigen. Sie bestimmt es. Jetzt muss es fröhlich werden an unserem Tisch. Es nähern sich die Damen Nini Lubinski und Carola Willner, ihre Freundinnen, und die sollen auf keinen Fall merken, dass die Stimmung im Keller ist. Meine jedenfalls.

Während die Frauen sich umarmen und begrüßen und sich sagen, wie toll und jung und unberufen gesund sie alle aussehen mit Mitte vierzig, werde auch ich geherzt und in die Wange gezwickt.

Man beschmiert mich mit Lippenstift, und es wird mir vorgelogen, wie groß ich geworden sei in den letzten zwei Wochen, dass ich ja schon ein richtiger Mann wäre und dass die Mädchen bestimmt Gefallen an mir fänden.

Meine Mutter beginnt ungeduldig zu werden und redet mir ein, dass ich gehen soll. Und schauen, ob nicht einer meiner Freunde draußen in der Grünanlage sei.

»Du wirst dich mit uns zu Tode langweilen«, sagt sie dann drohend.

Ihre Freundinnen nicken zustimmend.

»Was wir schon zu reden haben«, meint Nini, »ist doch nicht interessant für dich.«

Das ist das Signal, dass ich ab sofort überflüssig bin. Ich habe in den klandestinen Geschichten der drei Frauen nichts verloren. Da geht es um Verdauung, Mode, Wechseljahre, undankbare Kinder, untreue Männer, um die Neureichen und *nebbich* die *schlamasel,* um die Schmarotzer und die Toten. Die drei Frauen fühlen sich privilegiert. Sie sitzen an einem Tisch. Alle anderen nur an den Nebentischen.

»Mach halt irgendwas«, sagt sie ungnädig und schaut mich dabei unerbittlich an.

Sie beklagt bei ihren Freundinnen, die inzwischen bestellt haben, dass ich nichts mit mir anzufangen weiß.

»Alles muss ich ihm sagen, das hat er von seinem Vater, der war auch so ein Phlegmatiker, Gott hab ihn selig. Früher konnte ich ihn mit ein paar Zahnstochern in eine Ecke setzen, im Kranzler. Und er hat sich stundenlang amüsiert. Heute ist alles blöd und doof und langweilig.«

»So sind sie doch alle in dem Alter«, meint Nini.

Und Carola sagt: »Denkst du, meiner ist besser? Ich bin froh, dass Olympiade ist, da hat er wenigstens was zu gucken.«

»Du Glückliche«, sagt meine Mutter, »meiner interessiert sich für nix.«

»Hast du das mitbekommen?« Nini beginnt zu berichten: »Die Schwarze, die Wilma Rudolph, das waren zwanzig Kinder zu Hause! Stell dir vor! Die hatte als Vierjährige noch Kinderlähmung und hat jetzt schon zwei Goldmedaillen gewonnen.«

»So ist es, wenn man an sich glaubt«, sagt meine Mutter und denkt dabei natürlich an mich.

»Die Schwarzen sind aber auch eisern«, sinniert Carola. »Die haben *a gewiere*.«

»Da ist doch dieser Boxer«, bemerkt Nini Lubinski, »dieser Amerikaner, der sieht ja toll aus, dieser …«

»Cassius Clay«, sage ich.

»Ach«, sagt die Mutter, »mein *chochem*, sieh mal an, woher weißt du das?«

»Das weiß man eben als kultivierter Mensch«, antworte ich, stehe auf und gehe.

Im Park nebenan, eine Minute später, treffe ich auf einen Jungen aus unserer Nachbarschaft. Wir waren einmal beste Freunde, aber die Pubertät hat uns entfremdet. Keiner will es wahrhaben. Er langweilt sich, kickt mit einem kleinen Vollgummiball. Versucht unter einer Parkbank durchzuschießen. Als Tor sozusagen. Wir spielen, lenken uns ab.

Auch er mit einer Übermutter belastet, auch er heute ein Ausgestoßener. Sein Vater kann sich nicht gegen seine kleine, blonde, blitzgescheite Frau wehren, und so werden die Ehekonflikte camoufliert und in giftigen Dosen in die Psyche des Kindes eingerührt. Während das Kind hadert und die Schuld bei sich sucht, sitzen die Eltern fröhlich mit befreundeten Ehepaaren im Café unter der roten Markise und erzählen sich gegenseitig, was für tolle Hechte sie doch sind. Viel später werden die Kinder das Wort »Trauma« lernen und wissen, dass Auschwitz immer des Nachts über die Eltern kommt.

I can't stop loving you

Adam ist der Mann meiner Träume. Er ist so, wie ich mir einen neuen Vater gewünscht habe. Er ist groß, sieht gut aus, hat Humor und ... er ist Amerikaner! Ein ungarischer Jude, der der Vernichtung mit Glück entkommen konnte, der 1946 in die USA emigriert ist, nach Providence in Rhode Island, und dort seinem erlernten Beruf als Kürschner nachgegangen ist. Er hat drüben geheiratet, eine Ungarin, hat zwei Kinder bekommen, man hat sich auseinandergelebt, wie das so ist. Nach seiner Scheidung will er einige Jahre in Europa bleiben, die Stadt Frankfurt ist der ideale Ort für einen Neuanfang. Er mietet im Pelzviertel, in der Niddastraße, eine Fabriketage, investiert sein Kapital in Pelznähmaschinen und Ware, meistens preiswerte Persianerreste und Klauen. Bald hat er zehn, später bis zu zwanzig meist griechische Näherinnen, Näher, Zuschneider. Er fertigt preiswerte Persianermäntel an. Der neue Luxus der kleinen Leute.

Das Neckermann-Versandhaus wird auf ihn aufmerksam, und er bekommt die ersten Großaufträge.

Binnen zweier Jahre wird er ein gut situierter Geschäftsmann und ein angesehenes Mitglied der jüdischen Gemeinde. Dazu kommt, dass er als US-Bürger Zugang zu den Schätzen der PX, zu den amerikanischen Warenhäusern hat, für eingeborene Frankfurter unerreichbar, und so ist seine Beliebtheit groß.

Bei einer Kartenpartie lernt er meinen Onkel David kennen, und der schleppt ihn eines schönen *schabbes* mit zu uns nach Hause. Obwohl der Onkel befürchten muss, dass er sich damit selbst schadet, falls sich meine Mutter in Adam verlieben sollte. Meine Mutter ist freundlich, aber reserviert, ich bin auf Anhieb begeistert. Er spricht ein charmantes ungarisch-jiddisches Deutsch, ich versuche mich im Englischen.

Ich signalisiere meinem Onkel, dass ich mit diesem neuen Vater sehr einverstanden wäre. Er ist klug, witzig, sieht aus wie Arthur Miller, und jetzt kommt's: Er heißt mit Nachnamen BERGMAN! Das kann kein Zufall sein. Meine Mutter ist trotz dieser Vorzüge auffallend zurückhaltend, und deshalb inszenieren Frieda, das Hausmädchen, Onkel David und ich in den kommenden Wochen eine Art von Adam-Bergman-Promotion-Show, natürlich subtil und unauffällig, um meine Mutter von den Vorzügen ihres künftigen Gatten zu überzeugen, die ihr wohl bisher entgangen sein müssen.

Meine Mutter ist eine treue Witwe. Und das, obwohl sie einsam ist, sie ist eine wahrhaft schöne Frau von fünfundvierzig Jahren, und Männer umschwärmen sie (auch verheiratete!) wie Wespen den Bienenstich. Aber die Jahre als Geschäftsfrau, als Chefin eines Trupps von Teilachern, haben sie verhärtet. Sie ist misstrauisch und waidwund. Sie ist davon überzeugt, dass Gefühle schwächen und ausgenützt werden, dass Hingabe und Selbstvergessenheit Makel sind.

Ich wage zu behaupten, dass die schweren Jahre meine Mutter unromantisch gemacht haben und dass ihre Liebesfähigkeit gelitten hat. Ich spüre, dass auch ihre zweifellos große Liebe zu mir dosiert ist. Sie ist dem Dualitätsprinzip verhaftet: Es gibt kein Geben ohne ein Nehmen und vice versa. Und jede gute Tat wird sich irgendwann rächen.

Es ist Sommer, und die Ferien beginnen. Adam Bergman, mein neuer großer Freund, bietet mir einen Job an, und ich bin beglückt, denn ich möchte gern ein Rennrad haben, so wie viele meiner Klassenkameraden. Es kostet vierhundert Mark, die Hälfte würde meine Mutter dazugeben. Ich stürze mich in die Arbeit, obwohl das Pelzmetier nicht zu meinen bevorzugten Tatorten zählt.

Tote Tiere wenden, Klauen sortieren, Breitschwanzfelle farblich zusammenbringen und vor allem viele Botengänge sind meine tägliche Arbeit.

Adam ist stets freundlich zu mir und nachsichtig (wegen meiner Mutter?), kann aber auch streng und förmlich sein.

Mit den griechischen Nähern verstehe ich mich blendend, am besten mit Nikos, einem jungen Mann von zweiundzwanzig Jahren, der einige bemerkenswerte Zauberkunststücke beherrscht, die er leider nicht verrät. So kann er zum Beispiel einen Schuh zum Verschwinden bringen, und ich bin stolz, wenn ich Nikos meinen Freunden präsentieren kann. Wir verbringen jeden zweiten Samstag im Waldstadion bei der Eintracht, und es kommt sogar vor, dass Adam uns die Eintrittskarten spendiert. Das Leben könnte so schön sein, wenn meine Mutter nicht so sperrig wäre und sie Adam ein wenig mehr als nur Sympathie entgegenbringen würde.

Es ist Herbst geworden. Ich besitze ein nagelneues, giftgrünes Rennrad, Adam nennt mich *»li'l Anquetil«,* nach dem französischen Star der Tour de France. Stundenlang fahre ich das Viereck Ulmenstraße, Kettenhofweg, Niedenau, Bockenheimer, runter ins Tal der Durance, rauf auf den Mont Ventoux.

Sobald aber das blaue Oldsmobile mit dem weißen Dach vor dem Haus steht, gewinne ich den Schlussspurt, bringe das Rad in den Keller und rede noch ein paar Worte mit ihm, denn jetzt ist es wieder ein Pferd.

Ich laufe rasch nach oben in die Wohnung. Hier werde ich gebraucht, als *schadchen,* wie der Heiratsvermittler im Jiddischen heißt. So sitze ich gemeinsam mit Adam und meiner Mutter im Salon. Die beiden trinken Bourbon, ich Coca-Cola. Alles Mitbringsel von Adam.

Ich lache übertrieben laut über die Geschichten, die er erzählt. In seinem herrlichen ungarischen Deutsch klingt alles noch komischer.

»Hoben Sie hoite viel verkäuft Bättwäsch?«

Meine Mutter lächelt höflich. »Leider nicht. Die Geschäfte gehen schlecht. Wer kann heute noch vom Teilachen leben? Keiner kauft mehr an der Tür. Der Neckermann, der macht uns kaputt.«

Diese Bemerkung ist Adam unangenehm, schließlich ist der Versandhändler sein wichtigster Auftraggeber.

»Und wie läuft es bei Ihnen?«, fragt sie.

»Sähr schön«, sagt er, »unbärufen. Konn ich nicht klogen.«

»Warum duzt ihr euch eigentlich nicht?«, frage ich dazwischen.

Beide sind verlegen.

»Das entscheiden wir«, sagt meine Mutter, und Adam bestätigt es.

Es sind die hohen Feiertage, und ich stehe in der Westend-Synagoge zwischen meinem Onkel und Adam und bewege meinen Oberkörper rhythmisch hin und her, so wie alle, jedoch bin ich in kein Gebet versunken. Meine Sinne sind geschärft, mir entgeht nichts. Verstohlen schaue ich nach oben auf die Galerie, wo die Frauen sitzen. Meine Mutter zwischen ihren Freundinnen Nini Lubinski und Carola Willner. Die Frauen tuscheln, sehen dabei nach unten. Das deute ich als gutes Zeichen.

Sie reden bestimmt über Adam. Man sieht es Frauen an, wenn sie über Männer reden, und ich hoffe, dass die Freundinnen meiner Mutter die Vorbehalte austreiben.

Und tatsächlich! Meine Mutter lädt Adam zum Abendessen bei uns ein, und irgendwann erhebt sie ihr Weinglas und sagt: »Ich heiße Charlotte.«

»Adam«, sagt Adam, als wüsste sie das nicht.

»Ihr müsst euch jetzt küssen«, befehle ich.

Und so folgt ein unbeholfener, spitzlippiger Kuss.

Ich bin glücklich. Alles läuft in meinem Sinn. Adam kommt nun fast täglich, albert mit mir herum, unterhält sich mit Frieda über Küchengeheimnisse, kocht auch mal ein echtes, scharfes, ungarisches Gulasch, und meine Mutter freut sich offensichtlich sehr, wenn sie aus dem Geschäft kommt und Adam bereits da ist. Ab und zu spielen sie zu dritt Karten, Rommé, meine Mutter, Frieda und Adam. Ich liege dann vor der überdimensionalen Phonotruhe und höre Big-Band-Jazz. Der stoffüberzogene Lautsprecher vibriert bei jedem Ton, das »magische Auge« oszilliert.

Ich erkunde die Senderskala und träume mich zu solch exotischen Orten wie Hilversum oder Beromünster.

Es stellt sich so etwas wie ein normales Familienleben ein. Fernsehen, ab und zu ins Theater oder ins US-Army-Kino, in einen Film mit Jerry Lewis und Dean Martin. An den Sonntagen geht's ins Café oder mit dem riesigen Amischlitten in den Taunus, wo die Deutschen missmutig und eifersüchtig aus ihren Messerschmitts, Käfern und Isettas zu uns herüberschauen, wenn die Weißwandreifen über den Kies knirschen und das riesige Oldsmobile auf einem Parkplatz zum Stehen kommt. Wie ein T. Rex unter Erdhörnchen.

Überhaupt die Autofahrten! Im Radio läuft AFN, Ray Charles, *I can't stop loving you,* alle elektrischen (!) Fenster nach unten gesurrt, die Autobahn glatt und kaum befahren, in Dörfern das Kopfsteinpflaster unspürbar.

Adam erzählt von Amerika, dem Land der unbegrenzten Unmöglichkeiten, von riesigen Supermärkten, riesigen Kinosälen, in denen man Popcorn essen und Cola trinken darf, und vor allem von der Weite und der Freiheit des Landes jenseits des Atlantiks. Ich mutiere zum Ami.

Meine Mutter hingegen hat sich zum Teenager zurückentwickelt, sie ist aufgekratzt, übermütig, strahlt Adam an, kann sich scheckig lachen, wenn er beim Kellner auf Amerikanisch-Ungarisch-Jiddisch bestellt, in einer Sprache, die er für Deutsch hält.

»You know what, nähmen mir zwei sticker fin der Erdebeercake, mit Cream, one Coffee und eine chocolate fir der boy. Fir mir bringen Sie a glusel tei! Bittä!«

Adam besitzt außerdem eine Militärmütze, die stets in seinem Wagen liegt, und das hat einen Sinn. Kommt er nachts angetrunken mit meiner Mutter von einem Ball oder einer Party, sitzt meine Mutter im Nerzmantel (ein Geschenk von Adam!) wie die Königin im Fond der Limousine, während er chauffiert – mit Mütze! Damit kommt er durch jede Polizeikontrolle. Und noch mehr, es passiert nicht selten, dass sich deutsche Verkehrspolizisten ehrfurchtsvoll an ihre Mützen tippen und die US-Limousine anschließend freundlich durchwinken. Mit einem Goggomobil wäre das schwieriger gewesen.

Mein Plan ist aufgegangen. Und als Adam eines Morgens aus dem Schlafzimmer meiner Mutter kommt, in dem das zweite Bett seit Jahren verwaist war und noch nicht einmal aufgedeckt wurde, bin ich kein bisschen eifersüchtig, sondern davon überzeugt, dass sich alles zum Guten wenden wird. Als ich Frieda von der Neuigkeit berichte, lächelt sie weise.

»Ach, Mimi«, sagt sie und nennt mich mit meinem *nom de guerre*, »das weiß ich doch schon lang.«

Adam wird mein Vater, und in ein paar Jahren gehen wir mit ihm nach Providence in Rhode Island, das mir in dieser Zeit als der Sehnsuchtsort schlechthin erscheint. Ich habe alles über diese Stadt gelesen und kenne den Bundesstaat inzwischen besser als die Rhode Islander selber. Und als Adam sowieso.

Meine Leistungen im Englischen haben sich stark verbessert, es macht mir Spaß, mit Adam Englisch zu sprechen. Dafür schmiere ich sehr zum Ärger meiner Mutter in

Französisch ab und empfinde es geradezu als empörend, wenn sie hin und wieder mit mir französisch spricht.

»Damit du es nicht verlernst«, sagt sie.

»Aber ich will es verlernen«, antworte ich, »diese blöde, schwülstige Sprache, in der man lange Wörter schreibt, die beim Sprechen stumm bleiben. Und eine Zahl wie *quatre-vingt-dix-neuf*! So ein Schwachsinn!«

Aber leider schlägt sich Adam bei diesen Diskussionen auf die Seite meiner Mutter: »Die mame deine, hot sie recht, mon soll kännen *a sach* Sprachen, soll mon kännen.«

Das Leben ist ungerecht. Da biete ich diesem Menschen meine Mutter als Gastgeschenk, und er fällt mir in den Rücken.

Unsere Männerfreundschaft bekommt Risse. Adam ist nicht so alltagstauglich, wie ich erhofft habe. Je näher er meiner Mutter kommt, desto weiter entfernt er sich von mir. Aus zwei Buddys werden Stiefvater und Stiefsohn.

Die einzig verlässliche Person in diesen Wochen ist Frieda. Das Hausmädchen ist nun seit über zwölf Jahren bei uns. Sie ist mir Freundin, Vertraute, Seelsorgerin, Therapeutin. Sie ist jetzt neunundzwanzig Jahre alt und hat nicht die Absicht, sich zu verlieben und mich zu verraten.

Im Gegenteil, sie ist fest in unsere Zukunft eingeplant. Sie wird uns nach Amerika begleiten.

Meine Mutter entwickelt sich zu einer Frau, die ich bisher nicht kannte. Abgesehen davon, dass die Liebe sie noch schöner macht, hat sie ihre Härte abgelegt, von der ich bisher immer glaubte, sie sei genuin. Die Liebe zu Adam Bergman tut ihr zweifellos gut. Ich bin inzwischen siebzehn und entferne mich mehr und mehr von ihr.

Was die Männerfreundschaft anbelangt, habe ich mich wieder meinem Onkel David zugewandt, der trotz seiner zahlreichen Affären und seiner Kartenexzesse fast immer Zeit für mich und vor allem Verständnis hat. Er lernt mit mir, die Unterprima fällt mir schwer. Adam kann mir nichts beibringen, dazu reicht sein Deutsch nicht.

Ein letzter gemeinsamer Höhepunkt ist die Fußballweltmeisterschaft 1962 in Chile. Sowohl Ungarn als auch Deutschland werden Gruppensieger, und Adam und ich flippen aus. Adam hofft bereits auf eine Revanche für 1954. Doch beide Teams scheitern mit 1:0 im Viertelfinale, Ungarn an der Tschechoslowakei, Deutschland an Jugoslawien. Meine Mutter wundert sich über ihre »Männer«, die vor dem Schwarzweißfernseher hocken und zwischen Jubel und Verzweiflung hin- und hergerissen sind.

»Dass du für dieses Land bist, wo man die Juden zu Tausenden in die Donau getrieben hat«, wirft sie Adam vor.

»Und du? Du läbst nich in Deitschland, läbst du nicht?«, fragt er sie.

Die WM hat Adam und mich wieder zueinandergeführt. Er gibt mir zu verstehen, dass er mich liebhat, aber manchmal müsse er an seine eigenen Kinder denken, und das mache ihn traurig. Er nimmt mich in den Arm.

Als er mich fragt, ob ich damit einverstanden wäre, wenn er meine Mutter heiraten und mein Stiefvater würde, muss ich weinen. Meine Mutter kommt ins Zimmer. Wir nehmen uns in die Arme. So weinen wir alle vor Glück.

Im kommenden Jahr, nach meinem Abitur, würden wir nach Amerika auswandern. Nach New York. Das wäre meiner Mutter der liebste Ort, dort haben wir Verwandtschaft. Adam wird sich kümmern, verspricht er. Er müsse ohnehin in den nächsten Wochen rüberfliegen, um einiges zu erledigen.

Anfang Oktober bringen wir ihn zum Flughafen. Nachdem er seinen Koffer aufgegeben hat, nimmt er plötzlich meinen Kopf in seine Hände und berührt mit seinen Lippen mein Haar.

»Sei gebenscht, bubele«, sagt er, »und pass gut auf, auf die *mame,* deine.«

Als sein PanAm-Flug angesagt wird, bricht meine Mutter in Tränen aus, und Adam versucht sie zu trösten.

»Bin ich doch do bald wieder.«

»Ruf an, wenn du angekommen bist«, sagt sie.

»Warum«, meint er lächelnd, »wenn das Flugzeug wird sein obgestirzt, hörst du es in die news!«

»Bitte«, sagt sie.

»I can't stop loving you«, zitiert er flüsternd Ray Charles.

Sie küssen sich noch einmal leidenschaftlich, dann verschwindet Adam Bergman im Abflugbereich.

Meine Mutter und ich rennen beide hoch auf die Aussichtsterrasse, um zu sehen, wie der Flieger abhebt. Wir sehen Adam, wie er die Gangway hochgeht. Er dreht sich um, winkt uns zu. Wir winken heftig zurück. Wir winken und winken, bis das Flugzeug in den Himmel steigt.

Wir haben Adam Bergman nie mehr wiedergesehen.

In jedem Unglück ist auch ein Glück

Vierzehn Tage sind vergangen, und Adam hat sich immer noch nicht gemeldet. Kein Anruf, kein Brief. Während ich meine Mutter zu beruhigen versuche, indem ich ihr altklug erkläre, dass sich Adam erst wieder in Providence zurechtfinden muss, seine Kinder, seine Exfrau, die alten Freunde und so, will sie sich nicht beruhigen und lässt sich von ihren Freundinnen verunsichern. Und so kommt es, dass ich eines Tages losgeschickt werde, um in seiner Firma mal nach ihm zu forschen.

Im Novemberregen fahre ich mit meinem Rennrad in die Niddastraße. Alles sieht aus wie immer. Selbst das Oldsmobile wartet am Straßenrand auf die Rückkehr seines Herrn.

Ich komme in die Firma und erblicke zuerst die vielen Näherinnen und Schneider. Nikos winkt mir zu, ich winke zurück und gehe ins Büro.

Hinter Adams Schreibtisch sitzt ein fremder Mann.

»*Kimm arein.*«

Er stellt sich vor:

»Rappaport. Und wer bist *di*?«

Ich nenne meinen Namen.

»Ich wollte wissen, ob Sie etwas von Adam Bergman gehört haben.«

»Er ist schon hier nicht mehr«, sagt der Mann, *»is er gefuhren ka Amerike.«*

»Ich weiß«, sage ich, »aber er muss sich doch mal melden.«

»*Fir wus* soll er melden sich?«

»Na ja, es ist sein Geschäft und –«

»Was heißt sein Geschäft? Is nicht sein Geschäft mehr. Is mein Geschäft.«

»Ihr Geschäft? Wieso?«

»Weil hab ich es *gekäuft vin ihm.*«

»Er hat es verkauft? An Sie?«

»Sicher. Er wird schon nicht zurückkommen mehr.«

Ich habe das Gefühl, ich stehe plötzlich in weichem Schlamm.

»Das verstehe ich nicht. Er hat nichts davon gesagt, dass er –«

»Was darf er sugen? Hat er gehabt zures, hat er gedarft schnell awegfuhren. Is er dir geblibben schuldig? Er fehlt dir eppes?«

»Nein«, sage ich verstört und gehe. »Alles okay«, füge ich noch an, um keine Unruhe aufkommen zulassen.

Im Weggehen signalisiere ich Nikos, dass ich ihn sprechen muss, unten auf der Straße.

Ich warte zwei Minuten. Den Kragen hochgeschlagen. Der Grieche kommt, zündet sich eine Zigarette an. Wir stehen in der Hofeinfahrt, wegen des Regens.

»Gib mir auch eine«, sage ich.

Nikos zögert, dann gibt er mir eine.

Ich paffe wichtig, er redet, es regnet. Wie in einem französischen Kriminalfilm.

Nikos kann mir auch nicht mehr sagen als Dubsche Rappaport, sein neuer Boss.

»Wenn du mich fragst«, sagt er am Ende, »ist er abgehauen, weil er krumme Dinger gemacht hat. Gehen wir mal wieder zur Eintracht?«

»Mal sehen«, sage ich und schließe das Speichenschloss meines Rennrades auf.

Wie ferngesteuert fahre ich nach Hause. Ich spüre den Regen nicht auf meinem Haar und auf meiner durchnässten Kleidung. Wie sage ich es meiner Mutter? Ich muss es ihr schonend beibringen. Aber wie? Soll ich es ihr überhaupt jetzt schon sagen, oder soll ich noch damit warten? Solang sie es nicht weiß, kann sie noch hoffen. Aber vielleicht ist alles sowieso anders. »Ma«, sage ich laut in den Regen, »Adam hat Sorgen, Schulden. Also verkauft er seinen Laden und haut ab. Sobald er wieder Fuß gefasst hat, wird er sich melden und uns nachkommen lassen. So wird es sein. Er will uns da nicht mit reinziehen. Das ist es. Da bin ich ganz sicher.«

Als ich mein Rad in den Keller trage, nehme ich mir vor, gar nichts zu erzählen. Alles wird gut.

Nichts wird gut! Alles wird schlimmer als schlimm! Ich kann es nicht für mich behalten, versuche es ruhig zu erklären, aber mein eingeübter Text funktioniert nicht.

»Also, Adam ist … es ist so, er musste wohl, die Leute sagen, er … er hat das Geschäft verscherbelt, der Drecksack! Und ist abgehauen!«

Meine Mutter kriegt einen Schreikrampf, schließt sich in

ihrem Zimmer ein, und ich höre sie stundenlang schluchzen. Ich habe sie in der Vergangenheit schon weinen gehört, als mein Vater starb, ich meinen Unfall hatte oder ein »Mangelhaft« im Zeugnis nach Hause brachte, aber das hier übertrifft alles.

Ich stehe an der Tür und will sie beruhigen. Und ich habe ein verdammt schlechtes Gewissen. Eigentlich ein Dauerzustand, aber heute habe ich allen Grund. Schließlich war ich es, der die Sache eingefädelt hat. Der sie in die Arme dieses Unholds getrieben hat. Aus Selbstsucht! So zumindest empfinde ich es in diesem Augenblick.

»Ma, bitte! Er wird sich melden. Bestimmt. Es wird sich alles aufklären. Vielleicht ist er krank. Oder tot?«

»Hoffentlich«, höre ich meine Mutter hysterisch schreien, »Gott soll ihn strafen!«

In der Küche muss ich von Frieda erfahren, dass meine Mutter ihm zwanzigtausend Mark geliehen hat! Für unseren Neustart in Amerika, bis er sein Geschäft hier verkauft haben wird. Nein, ich kann es mir nicht vorstellen, dass Adam uns gelinkt haben soll. Er liebt meine Mutter doch und mich auch. Waren das nur Lügen?

»Frau Bergmann«, ruft Frieda und klopft an die Tür, »Sie müssen doch was essen. Soll ich Ihnen einen Kamillentee machen?«

Keine Antwort, nur ein noch lauteres Schluchzen. Jetzt beginnt auch das Hausmädchen zu weinen. Aus Solidarität weine ich mit.

Nachts liege ich wach im Bett und räche meine Mutter. Wie mein Held Jerry Cotton fahre ich mit meinem Jaguar E-Type durchs Rotlichtviertel von Providence. Ich parke unvorschriftsmäßig, zünde mir eine Zigarette an, betrete das einschlägige Etablissement, lasse mich von den Gorillas nicht aufhalten und stürme ins Hinterzimmer der Spielhölle. Adam Bergman sitzt am Pokertisch. Er lässt die Karten sinken, will etwas sagen. Meine Magnum .44 hat einen Schalldämpfer. Knack-knack macht sie nur. Kurz und zornig.

Die Sache mit Adam hat meine Mutter gebrochen. Ich stelle fest, dass sie sich in der Folge verändert. Ein solcher Verrat ist nicht nur Enttäuschung über den Betrug, er ist Erniedrigung. In den ersten Wochen nach Adams Verschwinden meidet sie ihr Stammcafé und reduziert den Kontakt zu ihren Freundinnen. Dazu kommt, dass das Geschäft immer schlechter läuft und sie mit dem Gedanken spielt, es aufzugeben. Der einzige Teilacher, der ihr bleibt, ist Onkel David. *Nebbich.* Das Ende des Bergmann'schen »Wäsche-Imperiums« ist gekommen. Meine Mutter vertreibt inzwischen neben der Wäsche auch Fluggasttaschen von PanAm, Sabena, KLM, Air France, BOAC, TWA oder MEA, aber auch das ist kein lukratives Geschäft.

Wenn ich ihr nur wenigstens Freude machen würde! Aber meine schulischen Leistungen sind verheerend, vor allem in naturwissenschaftlichen Fächern. Im Sport bin ich eine Null, obwohl ich inzwischen bei Makkabi Fußball spiele oder so tue, als ob. Die einzigen Erfolge erziele ich beim Poker in der Umkleidekabine.

In den Osterferien fahren wir nach Paris. Hier hofft meine Mutter ein wenig Ablenkung zu finden. In Paris ist sie stets eine andere. Die Stadt macht sie noch schöner, als sie ohnehin schon ist. Sie hat dort ihre Geschwister, ihre Cousine Thea, Familie satt. Auch mir geht es gut, wenn ich hier bin. Ich werde verwöhnt, ziehe mit meinen älteren Cousins um die Häuser. Rauchen ist kein Tabu, ganz im Gegenteil. Die Erwachsenen sind stolz auf ihre Söhne. Obwohl meine Mutter es nicht gern sieht, dass ich qualme, beugt sie sich dem Volkswillen, schließlich pafft sie ja selbst wie ein Schlot.

Speziell unter den Frauen ist Adam Bergman das Dauerthema. Immer wieder wird gefragt: Wie kann so ein charmanter, gutaussehender Mann so ein *ganef* sein? Gerade deshalb, denke ich. Und mein Onkel Louis hat es wie immer kommen gesehen.

»Ich habe mir gleich gedacht, man muss ihn doch nur anschauen, schon als ich ihn das erste Mal gesehen habe, hab ich mir gedacht …«

An einem Sonntagnachmittag findet im Landhaus meiner wunderbaren neureichen Tante Sophie in Chantilly eine hektisch einberufene Familienversammlung statt, und es fällt die Entscheidung: Wenn ich mein Abitur habe, zieht meine Mutter mit mir zurück nach Paris!

Sie wird in den nächsten Monaten das Geschäft verkaufen, die Wohnung auflösen, alle Vorbereitungen treffen. Sophie und ihr Mann besitzen einige Mietshäuser im 20. Arrondissement Ménilmontant, da wird sich erst mal eine Bleibe finden lassen. Nicht die edelste Gegend, nicht die schönsten Häuser, aber egal. Meine Mutter schöpft Hoffnung. Sie ist jetzt sechsundvierzig und scheint noch einmal die Kurve zu kriegen.

Von mir redet keiner, und ich werde auch nicht gefragt,

wie ich das finde. Eines weiß ich aber bereits: Nach Paris ziehe ich nicht! Ich liebe mein Frankfurt, habe meine Clique. Ich spiele Schlagzeug in einer Band, die Hüttenbar ist mein Zuhause. Und das Abitur kann warten.

Und dann das: Einige Monate später stellt mir meine Mutter ihren zukünftigen Mann vor: Monsieur Bernard aus Strasbourg! Aber er ist nur ein lächerlicher Ersatz.

Und ich sehne mich plötzlich nach dem *ganef* aus Rhode Island. Adam, wo bist du?

Das Ende der Kindheit

Das Ende der Kindheit beginnt mit der Ablösung. Die Einheit zerbricht. Nicht abrupt, eher durch feine Haarrisse. Sie zeigt sich durch den kritisch gewordenen Blick auf das Vertraute, einhergehend mit der Erkenntnis, dass die Mutter sich nicht wesentlich von anderen Menschen unterscheidet. Ihre Einmaligkeit ist vergangen; sie war lediglich auf die Tatsache zurückzuführen, dass sie einem das Leben schenkt. Für eine kurze Zeit wurde sie zum Universum eines werdenden Wesens. Das reifende Kind muss schmerzlich lernen, die Mutter als Göttin existiert nur in seiner bonbonfarbenen Wunschwelt, deren Leuchtkraft nun kontinuierlich abnimmt.

Das Ende der Kindheit bedeutet Ernüchterung. Es ist gleichsam die Infragestellung der Gewissheit, wir würden auf dem Weg unseres Schicksals, was immer auch geschähe, von einer verlässlichen Hand geleitet, mehr noch, es gäbe einen Schoß, der stets Zuflucht böte wie der Beutel eines Kängurus.

Der Übergang in das erwachende Ich ist zugleich der Beginn des Argwohns. Die Ahnung vom Verlust des Gekannten, das Vergehen der eingefärbten Erinnerung und das Verschwinden des Grundvertrauens.

Das Ende der Kindheit beginnt mit unbekannten Berührungen. Die Nähe fremder Menschen scheint mit dem neuen Blick bedeutender als die Geborgenheit in der bisherigen Lebenswelt. Die vertraute Umgebung wird mit einem Mal klein, nebensächlich, das Panorama weitet sich. Deutlich ist zu erkennen, dass die Mutter verwundbar, angreifbar, fehlbar wird. Der Firnis der Verlässlichkeit hebt sich, wirft Blasen. Das vertraute Nahe wird uns fern. Die Entdeckung des Unbekannten ist zugleich eine Reise in das sich häutende Ich, das sich für künftige Prüfungen bereit macht.

Das Individuum erfährt wehmütig, dass es von nun an ausschließlich mit sich selbst zu tun haben wird, von sich selber geleitet, Herr des eigenen Willens und ebenso des Unwillens. Dass es sich auf sich verlassen muss. Der Eintritt in die sich weitende Lebensgesellschaft, die den Theaterprospekt der Zukunft bilden wird, ist gleichsam der Beginn der Einsamkeit innerhalb der Masse. Der Heranwachsende wird von der Pubertät heimgesucht.

Diese Pubertät ist nicht allein ein hormoneller Ausnahmezustand und das Ausleben einer bisher unbekannten psychischen Instabilität. Sie ist das Rebellieren gegen Konventionen und soziale Spielregeln, sie ist auch eine Form von Autismus.

Die Ungerechtigkeit als Selbstschutz. Das Unverstandensein als Lebenssinn. Der Selbstzweifel als Zweifel an der Welt. Es gibt Menschen wie mich, deren Pubertät nie endet. Und es gibt eine Frau, die daran einen großen Anteil hat, den ich aber nicht Schuld nennen möchte: meine Mutter.

Monsieur Bernard

Er ist ein großer, viereckiger Mensch. *A klotz* würde man im Jiddischen sagen. Er hat keine Kultur, keinen Humor, spricht weder vernünftig Französisch noch Deutsch. Jiddisch kann er gut und selbstverständlich Polnisch. Und Russisch auch. Er ist ein gewöhnlicher Mann, *a proster jid.* Er lebt in Strasbourg, nennt sich Bernard, wobei er in Lodz noch Baruch geheißen hat, aber das war »davor«. »Danach«, also nach 1945, geht er nach Frankreich, macht in Wäsche, wird wohlhabend, heiratet eine Französin, die ein paar Jahre später an Krebs stirbt. Er besitzt ein Mietshaus, das er nur erwerben konnte, weil der Bauherr pleitegegangen war und er dessen Misere ausgenutzt hatte. Das entspricht seinem Berufsethos: die Schwäche der andern erkennen und zuschlagen. Er ist als Geschäftsmann rücksichtslos.

Er ist in primitivsten Verhältnissen groß geworden. Die Eltern sind ärmer als arm. Der Vater Tagelöhner, die Mutter Analphabetin. Jüdisches Proletariat.

Man mag es kaum glauben, aber nicht alle Juden sind Millionäre, es gibt neben den Rothschilds noch ein paar Minderbemittelte. Er geht kaum zur Schule, muss schon als kleiner Junge schwer arbeiten. In der Textilfabrik. Hier lernt er, mit den Händen zu denken. Er kennt sich aus in der Materie. Er muss einen Stoff nur berühren, schon weiß er alles darüber.

Baruch ist ein Jahrhundertkind. Er ist vierzehn, als der Erste Krieg beginnt. Da arbeitet er in einer Uniformschneiderei. Was das Schneiderhandwerk betrifft, kann man ihm nichts vormachen. Das kommt ihm nach dem Krieg zugute. In den Zwanzigern boomt das Geschäft.

Der junge, kräftige Kerl verdient rasch gutes Geld, macht sich selbständig, heiratet Dorit, ein nettes jüdisches Mädchen. Bald darauf kommt eine Tochter zur Welt, Bluma, genannt *Blimele*. Das Schicksal meint es anfangs gut mit der kleinen Familie, aber dann ändert es seine Meinung. Baruch, sonst ein Mann rascher Entschlüsse, zögert lang, und eines Tages ist es zu spät. Die Deutschen sind da!

Baruch versteckt Frau und Tochter bei polnischen Bauern, die ihn mehr und mehr erpressen. Der Unterschlupf kostet ihn alles, was er besitzt – und noch mehr. Baruch raubt einen betrunkenen polnischen Bahnbeamten aus, klaut dessen Tasche, Papiere und die Uniform. So kann er sich ein paar Monate als falscher Schaffner durchschlagen. Bis zu dem Wochenende, als er wieder einmal heimlich Frau und Tochter besuchen will.

Der Bauer heuchelt Mitleid, ist untröstlich. Die Deutschen! Sie haben die beiden entdeckt und abgeholt. Baruch glaubt ihm kein Wort. Er ist sicher, der Bauer hat die beiden denunziert, gegen Geld. Aber er kann es nicht beweisen.

Baruch ist ein Berserker. Sein eigenes Leben bedeutet ihm nichts, aber für seine Familie macht er alles. Freiwillig begibt er sich ins Ghetto von Lodz, um bei Frau und Tochter zu sein. So kommt es, dass sie zu dritt nach Auschwitz fahren.

Nachts an der Rampe. Die Apokalypse. Während aus den Lautsprechern das Lied *Mamatschi, schenk mir ein Pferdchen* krächzt, steht Doktor Mengele mit seiner Reitgerte an den Güterwaggons, aus denen sich Menschen schleppen. Darunter auch Baruch, seine Frau und seine kleine Tochter.

Zuerst will Baruch den Kommandos, Frauen und Kinder links – Männer rechts, nicht Folge leisten, aber ein ss-Scharführer mit Schäferhund treibt ihn zu einer Gruppe von Männern.

Er wirft noch einen letzten Blick zu Dorit und Bluma, sieht, wie sie im Nebel der Nacht verschwinden, und eine Stunde später sind beide selbst zu Nebel geworden.

»Auschwitz is nich gewejn keine Besserungsanstalt«, sagt er irgendwann zu mir. Da ist er bereits mein Stiefvater. *»Mir sinnen gewejn wie die Ratten in a Käfig. Da hot men gelernt ieber zi leben, hot men gelernt! Da hot es nich gegeben keine Moral!«*

Er leidet darunter, dass ich ihn ablehne. Aber er ist auch nicht bereit, mich anzunehmen, wie ich bin. Ich bin siebzehn, fast ein fertiger Mensch.

Seit sechs Jahren lebe ich nun allein mit meiner Mutter, wir sind trotz permanenter Reibung ein gutes Team. Dazu noch unser Hausmädchen Frieda, das mir wie eine große Schwester ist. Verständnisvoll, nachgiebig, mit einer Mütterlichkeit, die meiner Mutter abgeht.

Und nun kommt dieser grobe Kerl daher und setzt sich an die Spitze. Will mir sagen, was ich tun oder lassen soll, übernimmt das Kommando. Und was das Schlimmste ist – meine Mutter lässt es zu!

»Was er *nebbich* durchgemacht hat«, versucht sie ihn zu verteidigen. Aber ich bin unerbittlich, da nützt ihm auch die Nummer auf dem linken Unterarm nicht. Ich weiß, dass meine Mutter darunter leidet, dass ich ihren neuen Mann ablehne, aber warum soll ich ihr zuliebe klein beigeben und Kompromisse machen? Sie hat ihn sich ausgesucht, weil sie versorgt sein wollte.

Er hilft ihr bei der Abwicklung des Geschäfts, er kennt sich aus. Sie will in Zukunft sorgenfrei leben, wer könnte ihr das verdenken?

Ich!

Nachdem Adam uns reingelegt hat, gerät meine Mutter aus der Spur. Sie hat Geld verloren, ihr Kompagnon, Herr Nötzold, ist fast siebzig, die Geschäfte laufen nicht mehr. Was heute der Onlinehandel ist, waren damals die Versandhäuser. Da kommt dieser Geschäftsfreund, dieser Monsieur Bernard aus Strasbourg, gerade recht. Er kennt sich aus, weiß die Reste zu versilbern, und er ist vernarrt in meine Mutter. Sie ist jung, attraktiv und für ihn das Entreeticket in eine Gesellschaft, die ihn, den schlichten Mann, bisher verachtet hat.

Die Verbindung verursacht zwar anfangs Kopfschütteln im Freundes- und Bekanntenkreis meiner Mutter, aber Baruch ist wohlhabend und lernfähig. Gut, er ist und bleibt *a grobber*, seine Primitivität wird er nie ablegen, aber er lernt sie zu kaschieren. Außerdem hat die gesamte Frankfurter jüdische Community das Drama um den perfiden Adam Bergman mitbekommen, und die meisten freuen sich für meine Mutter, dass sie so rasch einen neuen Partner gefunden hat, der sie aufrichtig liebt und ihr ein sorgenfreies Leben ermöglichen wird.

Dass wir uns beide verabscheuen, wird unter dem Tolstoi'schen Diktum »Dysfunktionalität ist ein Merkmal der meisten Familien« abgehakt.

Es kommt zur unvermeidlichen Heirat. Aus Paris reist Tante Sophie als Trauzeugin an. Sie und ihr Mann Onkel Siegfried haben inzwischen eine Kette von Delikatess-Supermärkten und sind Multimillionäre. Die drei wunden Punkte in ihrem Leben sind ihre drei Kinder, meine Cousins. Veritable Taugenichtse und sogenannte Playboys. Aus irgendeinem Grund scheint mich meine Tante mehr zu lieben als ihre drei ungeratenen Söhne, und je mehr sie von mir schwärmt, desto vehementer hält meine Mutter dagegen.

»Wenn du wüsstest«, sagt sie in solchen Momenten.

Anlässlich der Trauungszeremonie im Frankfurter Römer kommt kaum Freude auf. Meine Mutter ist nervös, Baruch ist kurz angebunden. Seine Vorbehalte gegenüber deutschen Beamten sind offensichtlich.

»Reden Sie nicht so viel, Sie sollen mich verheiraten und nicht belehren, machen Sie«, herrscht er den Standesbeamten an. Der beeilt sich nun, dem Wunsch dieses unhöflichen Franzosen nachzukommen, und nach fünfzehn Minuten sitzen wir bereits drüben in einer Wirtschaft und trinken ein Gläschen Söhnlein-Sekt. Baruch bestellt für alle Grüne Sauce mit Kartoffeln. Das ist inzwischen sein Lieblingsessen geworden, außerdem ist es preiswert.

Das muss es auch sein, denn ein zweiter Trauzeuge ist Baruchs Neffe Leibel aus Metz, ein adipöses Riesenbaby, an seiner Seite das Pendant in weiblich, seine liebliche 120-Kilo-Frau Muriel. Beide hauen rein wie verrückt, bestellen Kalbshaxe und Sauerbraten als Beilage, zum Finale Birne Helene.

Anschließend gehen wir alle nach Hause in die Bockenheimer Landstraße, wo Frieda bereits mit Kaffee und Kuchen wartet. Hier erst zaubert Baruch einen Ring mit einem eindrucksvollen, lupenreinen Ein-Karäter hervor, den er meiner Mutter unter den wohlwollenden Blicken aller an den Finger steckt.

Meine Mutter ist gerührt, der Ring hat bestimmt ein Vermögen gekostet.

Hat er nicht. Nicht bei Monsieur Bernard. Der gesteht mir viele Jahre später, dass er den Ring als Pfand bekommen hat, von einem armen *jid* aus Strasbourg, der *nebbich* ein paar Tausend Francs gebraucht hat, und dann hat ihn der Schlag getroffen und Baruch hatte ein preiswertes Geschenk. Baruch hat wieder einmal *masel* durch das *schlamasel* anderer.

Wenn meine Mutter später behaupten wird, sie habe alles nur für mich getan, sich dem Zyklopen hingegeben, um mein Leben zu retten, so mag das subjektiv richtig sein. Was mich betrifft, so habe ich Baruch lediglich akzeptiert, weil ich meiner Mutter helfen und sie nicht einem Schicksal als mittellose Witwe überlassen mochte. Sie bewegt sich ohnehin in einer Gesellschaft, die sich vor allem über das Geld definiert, und jetzt kann sie endlich dazugehören.

Eigentlich kann ich mit dieser Entwicklung zufrieden sein. Ich stehe nicht mehr im Mittelpunkt. Vorher hat sich das gesamte Leben und Streben meiner Mutter auf mich konzentriert. Mein Wohlergehen, meine schulischen Leistungen, meine Freizeit. Jetzt ist sie gezwungen, dem Gatten Gattin zu sein, seine Wünsche zu berücksichtigen. Vorher hat sie entschieden, nun werden Vorschläge diskutiert: Wo geht man hin, wen lädt man ein, wo macht man Urlaub?

Die beiden fahren nun oft nach Paris.

Die *mischpoche* meiner Mutter, allen voran ihr Bruder Ludwig aka Louis, ihre Schwester Sophie und Cousine Thea, mögen Monsieur Bernard, das neue Mitglied der Familie: Er hat Geld, ist Jude und außerdem Franzose. *Tant mieux.* Meine Mutter hat zum ersten Mal das Gefühl, dass sie nicht mehr als *rachmunes* angesehen wird, die bemitleidenswerte Verwandte aus Deutschland, sondern ein geachtetes Mitglied der Gemeinschaft geworden ist. Und auch Bernard ist stolz, dass er in eine so *bekuwete* Familie einheiraten konnte.

Im ersten Jahr ihrer Ehe kann man den Eindruck haben, dass sich für meine Mutter alles zum Guten wendet. Baruch kann seinen krankhaften Geiz, der sich bald an die Oberfläche arbeiten wird, noch unterdrücken. Sie fährt mit ihrem neuen Ehemann nach Meran, nach Abano Terme, nach Israel. Meine Mutter engagiert sich bei der WIZO, der Women's International Zionist Organisation, wird Teil der Frankfurter Schickeria. Und vor allem gerate ich langsam aus ihrem Blick. Sie ist viel unterwegs, ich bin mit der guten Frieda allein, der ich auf der Nase herumtanzen kann. Meine schulischen Leistungen werden katastrophal. Jetzt, wo ich den Führerschein habe, gibt es nur noch Autos und Party. Ich bin öfter in der Hütten-Bar als zu Hause.

Gänzlich laufe ich aus dem Ruder, als sich meine Mutter und ihr Mann entschließen, die Frankfurter Wohnung aufzugeben und nach Strasbourg zu ziehen. Mit dem Verlust von Frieda verliere ich den letzten Halt.

Ich bin achtzehn, habe ein Auto, gehe noch zur Schule und lebe bereits allein in einer eigenen kleinen Wohnung. Das kann nicht gutgehen.

Meine Mutter muss sich eingestehen, dass ihr Sohn seinem Vater nachstrebt. Er wird ein Spieler, ein Nichtsnutz, ein Müßiggänger. Aber was das Schlimmste ist: Monsieur Bernards gehässige Prophezeiungen werden wahr.

Das Herz meiner Mutter

Nach den unterschiedlichsten Jobs, nach einer gescheiterten Ehe und einem gelungenen Sohn bin ich schließlich beim Film gelandet. Das ist mein Ding. Ich bin neugierig und habe offenbar Talent. Ich habe mich hochgearbeitet. Im Sommer 1982 produziere ich mit meiner eigenen Firma meinen ersten Spielfilm. Wir drehen in Heidelberg, in der Villa Mitscherlich. Es geht um einen Vater-Sohn-Konflikt, und das ist passend, denn ich bekomme nachts einen Anruf von Monsieur Bernard. Aus dem Schwarzwald.

»Du musst kommen. Sofort. Deine Mutter. Das Herz!« Dann kann er nicht mehr weitersprechen. Ich habe ihn noch nie weinen gehört.

Der Morgen dämmert. Ich fahre über das Kopfsteinpflaster in Freudenstadt. Freudenstadt! Ausgerechnet hier haben sie Urlaub gemacht. Miesbach hätte besser gepasst.

Sie wohnen in der billigsten Pension. Ein Zimmer unter dem Dach. Die Pensionswirtin klärt mich auf, während wir nach oben gehen.

»Gestern um die Mittagszeit gab es einen heftigen Streit. Ums Auto. Es springt nicht an, und wenn, läuft es nicht rund, die Zündung … Aber Ihr Stiefvater will es erst in Strasbourg reparieren lassen. In seiner Werkstatt, da sei es billiger. Dann hat er aufgeregt gerufen. Seine Frau sei zusammengebrochen. Der Notarzt kam, Herzinfarkt.«

Ich klopfe an der Tür, ein leises »Ja«, ich trete ein.

Baruch ist um hundert Jahre gealtert. Vor drei Monaten habe ich ihn das letzte Mal gesehen. Da war er noch ein kraftvoller Mann und größer als ich.

Jetzt, da er auf mich zukommt und mich ungelenk umarmt, ist er zu einem dürren Männlein geschrumpft. Er hat Tränen in den Augen, als er sagt: »Also, wenn ihr was passiert, ich weiß nicht, was ich dann machen soll. Ohne sie.«

Ich versuche ihn zu beruhigen. »Wird schon. Sie ist stark.«

»Und wenn nicht? Was wird aus mir? Wer kümmert sich dann um mich?«

»Sei mal ein bisschen optimistisch.«

»Du würdest dich *ja* kümmern?«

»Hör auf, so zu reden, als sei sie tot. Komm.«

Ich helfe ihm in seinen Trench, der plötzlich zwei Nummern zu groß ist. Gestern Abend sei der Wagen nicht mehr angesprungen. Auf dem Weg nach unten erzählt er mir, dass er ein Taxi hat nehmen müssen. Zwanzig Mark für so eine kurze Fahrt. Hin und zurück vierzig. Betrug sei das.

Eine halbe Stunde später. Auf der Terrasse sitzen bereits einige frühe Gäste in der Morgensonne. Sie werden gut unterhalten. Denn unweit stehe ich mit Monsieur Bernard neben dem quittengelben Audi, die Motorhaube geöffnet, und starre in den Motorraum.

»Die Zündung verrußt immer, was weiß ich«, sagt er.

Ich entferne die Spangen der Verteilerdose, hebe sie ab

und reibe ein wenig mit einer Nagelfeile, die er mir reicht, über die Zündkontakte.

»Ich glaube, es ist eher die Feuchtigkeit«, sage ich.

Natürlich hat er auch einen Lappen griffbereit. Er kennt sich aus. Während ich feile und wische, erklärt er mir, wie er das »immer« machen würde. Ich reiche ihm wortlos Feile und Lappen. Er schüttelt den Kopf. Ich mache weiter, prüfe schließlich noch die Zündkabel, ziehe sie ab und setze sie anschließend wieder fest auf die Zündkerzen.

Eine Minute später sitzen wir gespannt im Wagen, als ich den Anlasser betätige. Nach ein paar Fehlzündungen springt der Wagen an. Auf der Terrasse applaudiert ein Mann.

Ich fahre los.

Mit knappen Kommandos lotst mich Baruch zur Klinik, die am Rand der Stadt liegt und eher wie ein Sanatorium wirkt. Ich soll auf dem Parkplatz parken, auf dem er »immer« parkt, aber ich weigere mich. Es ist ein Ärzteparkplatz. Die zwischenmenschliche Temperatur steigt weiter an.

Die Lobby ist menschenleer, kein Pförtner ist zu sehen. Baruch findet die Intensivstation nicht, obwohl er erst gestern Abend hier war.

Wir orientieren uns an den Schildern, kommen schließlich zur Intensivstation. Eine Schwester versorgt uns mit grünen Kitteln, blauen Plastikhauben und blauen Plastiküberziehern für unsere Schuhe. Ich helfe ihm mit den Schuhen. Wir gehen los, sehen aus wie zwei Deppen, die sich als Ärzte verkleiden.

Meine Mutter lächelt, als sie uns sieht. Ich bin beruhigt.

Sie ist an eine Infusion und diverse Kabel angeschlossen, der Monitor hinter ihr zeigt normale Kurven und Werte, soweit ich das beurteilen kann. Er piepst jedenfalls beruhigend gleichmäßig.

Sie nimmt meine Hand.

»Schön, dass du gekommen bist«, sagt sie leise, »was macht der Film?«

»Läuft alles. Aber wie geht es dir?«

»Ganz gut. Der Arzt sagt, mir geht es gut.«

»Lottchen, warum tust du mir das an«, fragt dieser einfältige Mensch neben mir.

»Ja«, sage ich laut, »sie hat einen Infarkt bekommen, um dich zu kränken!«

Meine Mutter will sofort die aufkommende Missstimmung unterbinden.

»Habt ihr was gegessen?«, fragt sie.

»Es ist jetzt nicht wichtig, ob wir was gegessen haben. Es geht hier –«

»Ich habe kaum was gegessen«, geht er dazwischen, »ich kann was essen? Bin viel zu nervös, bin ich. Aber dein Sohn hat *ja* gegessen, unberufen.«

Ich rücke dicht an ihn heran und raune ihm zu:

»Es ist scheißegal, wer wann was und wie viel gegessen hat, kapiert? Es geht jetzt nur um sie, um meine Mutter, deine Frau, die hier liegt.«

»Aber er muss doch was essen«, sagt meine Mutter, »*bubele,* kannst du bitte darauf achten, dass er was isst!«

Ich reiße mich zusammen.

»Wie lange musst du noch hier sein? Wann kommst du auf die Station?«

»Keine Ahnung.«

Baruch beginnt zu jammern.

»*Oj*, was soll ich nur machen? Das ist doch kein Leben mehr. Ohne dich. Im Hotel will man wissen, ob ich noch bleibe *oder ja oder nein*.«

Ich bin auf hundertachzig. Nicht nur, dass er diese billige Absteige »Hotel« nennt, er ist nicht in der Lage, sich zu organisieren. Bevor ich etwas sage, hat meine Mutter wieder das Kommando übernommen.

»Tu mir a tojwe«, sagt sie und schaut mich an, »fahr mit ihm nach Hause, nach Strasbourg, das ist das Beste für ihn. Dort kann er sich allein helfen. Hier geht er mir doch, *chas'we scholem,* vor die Hunde. Und ich kann in Ruhe liegen und gesund werden und muss mir nicht immer Sorgen machen, ob er isst oder was er macht.«

»Du hast recht«, sagt er, »es ist *takisch* das Beste, ich würde fahren zurück nach Hause. Da habe ich doch, was ich brauche. Kann mir was kochen ...«

»... oder du gehst was essen, zu Kirn«, sagt sie.

»Ich werd gehen zu Kirn? *Fehlt mir aus*. Kirn hat doch nur Dreck, und teuer ist er auch. Was soll nur werden aus mir?«

Ich kann nicht mehr! Und versuche es möglichst leise und zivilisiert rüberzubringen.

»Ma, seit ich hier bin, geht es nur um ihn! Ausschließlich! Was soll ich machen? Wieso hat sie mir das angetan? Es geht aber um dich! DU hattest einen Herzinfarkt, und er ist *broiges*! Und er ist am Ende! Er! Er geht noch ein vor Selbstmitleid! *Kallike!*«

Beide schauen mich an.

Baruch hat Schnappatmung, reißt sich die Plastikhaube vom Kopf.

»*Ich werd dir geben, kallike!* Hab ich das nötig, mich beleidigen zu lassen, von dir? Was hast du denn bisher geleistet im Leben? Du Schmarotzer! Wenn diese Frau nicht wäre, dann ... aber eins sollst du wissen: Wenn ihr, Gott behüte, was passiert, siehst du von mir nicht keinen Pfennig, das schwöre ich dir!«

Damit geht er ab.

Der Monitor piepst schneller.

Meine Mutter hat die Augen geschlossen, sinkt in die Kissen. Eine Schwester kommt gelaufen, ich stehe hilflos in der Ecke.

»Es ist besser, wenn Sie jetzt gehen«, sagt die Schwester.

Im Rausgehen höre ich meine Mutter rufen: *»Bubele!«*

Ich dreh mich um, gehe ein paar Schritte zurück zum Bett.

»Er ist a *kallike,* aber er ist doch *nebbich* so hilflos ohne mich. Fahr ihn bitte nach Strasbourg und vertragt euch. Tu's für mich. Ich hab dich lieb.«

»Ich dich auch«, sage ich.

Vierundzwanzig Stunden später bin ich wieder in der Klinik. Meine Mutter ist inzwischen auf die reguläre Station verlegt worden. Ich berichte ihr, dass ich Baruch nach Strasbourg gefahren habe. In der ersten Stunde haben wir uns angeschwiegen, dann kam es zu einer belanglosen Konversation. Zurück in der Wohnung hat er sich sperrig entschuldigt, die Nerven, es sei alles zu viel für ihn. Er hat mich sogar zum Essen einladen wollen, aber ich hatte nicht die

Absicht, länger in Strasbourg zu bleiben, und habe einen späten Zug nach Freudenstadt genommen.

Natürlich, so gesteht mir meine Mutter, habe sie sich in den Stunden vor dem Infarkt wieder schrecklich über ihren Ehemann aufgeregt, was mich nicht überrascht.

»Es geht immer ums Geld«, sagt sie, »entsetzlich. Du kannst doch nichts mitnehmen, sage ich ihm, aber das lässt er nicht gelten. Er hat Angst, im Alter wieder arm zu werden. Lächerlich, aber so ist er eben.«

»Er ist ziemlich zusammengefallen«, bemerke ich, »ich war echt geschockt.«

Meine Mutter nickt. »Er geht ein wie eine Primel«, sagt sie, »er isst kaum noch etwas, deshalb wird er immer schwächer. Obwohl der Arzt sagt, er sei kerngesund für sein Alter. Und dann sind da noch seine … wie soll ich das sagen, der *meschugas* … er hat in letzter Zeit so eine Art von Wahnvorstellungen, dann ist er wieder in Auschwitz.

Nachts ruft er plötzlich nach seiner Frau und seiner Tochter. Und er weint, weil er ihnen nicht helfen kann.

Einmal hat er auf mich eingeschlagen, es war ein Anfall. Wir schlafen deshalb getrennt.«

Ich habe plötzlich ein verdammt schlechtes Gewissen, dass ich ihn so mies behandelt habe.

»Ich rufe ihn später mal an und frage, wie es ihm geht.«

»Das ist lieb. Dann grüß ihn von mir und sage ihm, ich bin bald gesund und werde ihn wieder aufpäppeln.«

Am Abend bin ich zurück in Heidelberg. Es ist nicht nur der Film, der mich zurücktreibt, es ist auch die Liebe meines Lebens, die ich dort gefunden habe und die noch nichts von ihrem Glück ahnt. Vom Produktionsbüro aus rufe ich in Strasbourg an. Er ist gerührt, dass ich mich bei ihm melde, und sagt, wie sehr er mich schätzt und dass ich für ihn wie ein Sohn sei. Wir sind beide davon überzeugt, dass meine Mutter bald wieder nach Hause kommt. Dann wird sie sich schonen müssen, meint er, aber das sei egal, er würde sich kümmern. Und er würde mit ihr wieder nach Meran fahren, ins beste Haus am Platz, und sie verwöhnen, so wie früher. *Spielt a roll,* für den Teufel sei es ja auch da! Er würde alles tun, damit sie wieder gesund und glücklich würde. Und er würde sie nie mehr aufregen.

»Hast du was gegessen?«, frage ich ihn.

»Du wirst lachen«, sagt er, »ich habe mir Nudeln gemacht. Einfach mit Butter. Was unsereiner schon isst … Später *hab ich gemusst grebzen, dir gesugt,* egal.«

Ein knappes Jahr später ist seine Beerdigung.

Zwei Tage zuvor war meine Mutter morgens in das Gästezimmer gekommen, wo er in den letzten Monaten geschlafen hatte. Er war tot. Einfach so. Eingeschlafen. Mit dreiundachtzig.

Die *chewra kadischa* ist gekommen, hat ihn in Leintücher gewickelt und auf einer Bahre aus der Wohnung getragen. Sie wollen ihn mit dem Aufzug nach unten bringen, aber die Bahre ist zu sperrig, der Lift zu schmal. Drei Männer nehmen ihn kurzerhand hoch, stellen die Leiche aufrecht in den Aufzug, quetschen sich dazu und fahren mit dem toten Baruch nach unten.

Wir sitzen im Zug auf dem Weg nach Strasbourg, meine Frau und ich. Wir reden über ihn und seinen merkwürdigen Charakter. »Eigentlich«, so höre ich mich sagen, »war er kein übler Kerl.« Er war ungeliebt und daher unfähig zu lieben, stellen wir fest. Oder war es umgekehrt? Egal. Kein Wunder, nach dem, was er alles durchmachen musste. Ich habe ein schlechtes Gewissen.

Und als ich aus dem Fenster schaue, in die vorbeiziehende graue Landschaft, kommt mir plötzlich die Geschichte in den Sinn, die mir Baruch vor einigen Jahren erzählte und die ich total vergessen hatte:

»Du gedenkst«, sagt er plötzlich zu mir, nachdem er mich gebeten hat, ihn auf einem Spaziergang am Kanal zu begleiten, »was ich dir erzählt habe, im Krieg, in Polen, das mit dem Schaffner.«

»Ja«, sage ich, »du hast ihm die Uniform geklaut.«

»Er war *schicker.*«

»Genau. Das hast du mir erzählt.«

»Ich habe dir nicht alles erzählt.« Er bleibt stehen.

»Ich habe ihn rausgeworfen, aus dem fahrenden Zug!«

Ich sehe ihn ungläubig an.

»Du hast ihn rausgeworfen? Er könnte tot sein.«

»Er ist tot. Er war *schicker,* aber er hat sich plötzlich festgekrallt an mir, an der offenen Tür, und ich habe ihm ins Gesicht geschlagen, mit der Faust, bis er losgelassen hat, und ist er gefallen rückwärts und aufgeschlagen mit dem Kopf.«

Wir stehen beide nebeneinander und schauen auf das brackige Wasser im Kanal. Zwei Männer im Trench, im Nebel. Wie in einem Maigret-Film.

»Warum erzählst du mir das?«, frage ich ihn.

»Ich will, dass du es weißt. Nur du. Dass du sollst sehen, was der *churbn* hat gemacht aus die Menschen. Und es fällt mir leichter zu gehen, eines Tages. Denn die Geschichte bleibt sie in der Welt.«

Jetzt stehen wir nebeneinander an einem offenen Grab, meine Mutter und ich. Zum zweiten Mal in unserem Leben. Beim ersten Mal war ich elf Jahre alt, und ich erinnere mich nur schemenhaft daran. Es war ebenfalls Dezember, es hat geregnet wie heute. Es waren eine Menge Leute da. Lubinski hat gesprochen und der Rabbi und Onkel David.

Ich bin auf dem jüdischen Friedhof in Strasbourg. Noch ein Moment des Innehaltens, dann sage ich *kaddisch*. Für ihn. Den ungeliebten Stiefvater, Monsieur Bernard Baruch aus Lodz, mit Halt in Auschwitz. Mir kommen die Tränen. »An den Gräbern der Eltern weinen die Kinder um die in sie gesetzten Hoffnungen.«

So schreibt es Rachel Salamander in einem Buch.

Es sind wenige Trauergäste gekommen. Er hatte so gut wie keine Freunde, woher auch? Ich habe meinen Sohn dabei, er wird in ein paar Tagen zwölf. Baruch mochte ihn. Und mein Sohn mochte Baruch. Merkwürdig.

Aus Paris sind meine Tanten Thea und Sophie angereist. Als wir auf dem Weg zum Restaurant sind, gehen die drei Frauen vor uns her, alle in ihren braunen Nerzmänteln.

»Weißt du, an was ich gerade denke«, sagt mein Sohn, »an Alexandre Dumas, die drei Murmeltiere.«

Wir müssen beide laut lachen.

Am Abend sitzen wir zusammen im Salon.

»Jetzt werde ich leben«, sagt meine Mutter, »reisen, mir was gönnen. Für den Teufel ist es ja auch da.«

Ihr Standardspruch.

Wir machen Pläne. Sie will uns einladen, nach New York. Aber vorher will sie sich mal richtig durchchecken lassen.

Einen Monat später bekommt sie die Diagnose: Gebärmutterkrebs!

Abschied

Nach zwei Tagen überzeugt sie mich davon, dass es ihr wieder gut geht.

»Es ist alles okay«, sagt sie, »glaub mir, ich würde es dir sagen.«

Ich glaube ihr nicht, aber ich will es glauben, und so gehe ich zu meinem Wagen, während sie oben auf dem Balkon steht und winkt. Es sind so kleine, kaum merkliche Bewegungen, die sie macht. Sie ist winzig und blass, fast durchsichtig. Steht da an einem kalten Novembermorgen in ihrem rosafarbenen gesteppten Morgenrock und lächelt.

Als ich im Wagen sitze, lasse ich das Fenster herunter und winke ihr zu. Ich verlasse sie mit einem schlechten Gewissen, einerseits. Dagegen steht ein Gefühl der Befreiung. Ich will zurück in mein Leben.

Ich will mich nicht mehr verstellen müssen, mir nicht mehr zum hundertsten Mal die gleichen Geschichten anhören, mir nicht mehr sagen lassen, was aus mir alles hätte werden können, wenn ich nur fleißiger und zielstrebiger gewesen wäre.

Die Welt habe mir offengestanden. Aber Künstler habe ich werden wollen, Hungerkünstler! Ich kann ihr tausendmal schwören, dass ich glücklich und zufrieden bin, sie glaubt es nicht.

Den Nachmittag davor verbringen wir wie immer vor dem Fernseher und schauen um 17 Uhr eine französische Quizshow, *Questions pour un Champion,* ihre Lieblingssendung. Sie verehrt den Moderator, findet ihn klug, charmant und witzig. Ich finde ihn nur nervig. Er tut so, als wisse er etwas. Das sage ich aber nicht, denn dann muss ich mir anhören, wie *überchochmezt* und oberschlau ich bin und was ich aus meiner Begabung gemacht hätte. Ich bin jetzt über fünfzig, aber für sie immer noch der kleine, dickliche Junge aus dem Operncafé, der sich anhören muss, dass er sein Leben sinnlos vergeudet.

Das Leben, das mir meine Mutter geschenkt hat, das Leben, das ein Vorzeigeleben hätte werden sollen. Mit allen Voraussetzungen, die sie mir mitgegeben hat. Aber nein, ich war wie ein Blatt im Wind, habe mich treiben lassen. Irgendwann habe ich genug, werde laut, betone eindringlich, dass es mein Leben ist, auf das sie, verdammt noch mal, kein Copyright hat!

Aber das lässt sie nicht gelten.

»Warum schreist du mich an«, schreit sie, »ist das der Dank? Habe ich dich dafür unter Schmerzen geboren, im Lager, während die englischen Jagdbomber über Schaffhausen waren? Alle durften in die Luftschutzkeller, nur die jüdischen Insassen nicht.«

Mein Gott, wie oft muss ich mir das anhören, denke ich, aber sage: »Was hat das jetzt mit jetzt zu tun?«

»Das will ich dir sagen«, schreit sie weiter, »ich habe mich geopfert, von Anfang an, immer habe ich mich geopfert. Für dich, für deinen Vater, Gott hab ihn selig, ich bin immer das *kipurehuhn*. Mit mir kann man es machen. Was habe ich gehabt von meinem Leben? Sag doch selbst. Als ›er‹ (das ist immer der zweite Mann) tot war, hätte ich leben können, aber da kam der Krebs. Ich hatte ein Mistleben, aber dem Herrn Sohn ist das ja egal, solange die Mutter zahlt!«

Und selbstverständlich hat sie diesen ungeliebten zweiten Mann nur geheiratet, damit ich später versorgt bin!

»Alles habe ich mir vom Mund abgespart, habe mir nichts gegönnt, damit es dir gut gehen soll, und das ist der Dank. Ich wünschte, ich wäre tot.«

»Bitte, sag das nicht. Du tust mir weh.«

»Ich tu dir weh? Weißt du überhaupt, was es bedeutet, alt zu werden?«

»Ich kann es mir vorstellen.«

»Nichts kannst du dir vorstellen! Gar nichts! Niemand kann es sich vorstellen, solange man nicht selbst alt ist. Es ist wie bei Alzheimer oder Blindheit. Man muss es selbst erleben und spüren. Nur dann weiß man, was Altwerden bedeutet. Nur dann! Ich habe einfach genug. Es ist vorbei. Egal. Ich hatte ein Scheißleben. Sag doch selbst.«

Sie weint ohne Tränen.

»Manche haben Glück, ich hatte keins. Ich weiß nicht mehr, warum ich morgens aufstehe. Nichts macht mir Freude. Lesen macht mich nervös, Fernsehen macht mich nervös. Ich kann keinen Film zu Ende gucken. Wenn ich die Nachrichten sehe, könnte ich verzweifeln. Wer kann das aushalten in meinem Alter? Du musst dich ablenken, sage ich mir. Also ziehe ich mich an, schminke mich, gehe raus. Aber schon auf dem Weg stelle ich fest, andere Leute machen mich nervös. Bin ich im Café, will ich nur nach Hause, bin ich zu Hause, fällt mir die Decke auf den Kopf. So ist das, mein Sohn, aber davon hast du keine Ahnung, davon kannst du keine Ahnung haben in deinem Alter. Wenn ich Marliese nicht hätte für einmal die Woche, würde ich verkommen, glaube es mir. Ich, die immer so etepetete war. Mir ist alles egal. Ich bin mir egal, du bist mir egal.«

Ich schweige.

»Bist du *broiges*?«, fragt sie nach einer Weile.

»Nein«, sage ich, aber was soll ich auch sagen?

»Ich mach dir eine Mazzeknödelsuppe«, sagt sie unerwartet fröhlich, »lass mich nur das Quiz zu Ende schauen. Dieser Quizmaster ist toll. Und wie gut er ausschaut. So ein Anzug würde dir auch stehen. Wie du immer rumläufst. Achtet deine Frau nicht auf dich? Und deine Haare! Viel zu lang. Und der Dreitagebart. Schrecklich. Eine Frau muss doch auf ihren Mann achten. Wenn ich nicht auf ihn geachtet hätte, wäre er rumgelaufen wie ein *clochard*.«

Ich sitze in der Küche, am Resopaltisch mit der Wachstuchdecke und esse die Mazzeknödelsuppe. Die ist großartig, die kann sie wie niemand sonst. Selbst unsere Frieda, die wirklich eine grandiose Köchin war, scheiterte stets bei dieser Suppe.

»Frau Bergmann«, sagte sie immer, »wie machen Sie das? Diese Klöße, so leicht wie Luft.«

Gut, die Luftigkeit haben sie im Lauf der letzten Jahre verloren. Meine Mutter ist inzwischen fast sechsundachtzig Jahre alt, da ist das mit dem Augenmaß nicht mehr so selbstverständlich. Da wird der Teig schon gern mal fester als vorgesehen.

Während ich noch den letzten Löffel zum Mund führe,

hat sie sich schon den Teller geschnappt, mit ihren zittrigen Händen und den langen, knallrot lackierten Fingernägeln, und hat ihn zur Spüle getragen.

Ich muss an *Jenseits von Eden* denken, an James Dean, wie er in das Bordell seiner Mutter kommt und wie die Alte da sitzt, mit ihren halben, schwarzen Spitzenhandschuhen, aus denen die lackierten Fingernägel ragen, und wie sie ihn mit einem gichtigen Finger zu sich winkt – hab Vertrauen!

In ihren rosafarbenen Hausschuhen mit den zwei Bommeln schlurft meine Mutter über das Mosaik der Bodenfliesen und beginnt den Teller abzuspülen. Ich habe mich erhoben, bringe ihr den Löffel. Der Topf ist bereits sauber und schon lange wieder im Unterschrank verschwunden. Nach zwei Minuten sieht die Küche aus, als sei sie nie benutzt worden, als würde man sofort mit einer OP am offenen Herzen beginnen können. Stolz sieht sie sich um.

»Schon fertig«, sagt sie voller Eigenlob, »meine Küche, na?«

»Toll«, lobe ich zurück.

»Ach, wenn du nur ein wenig von mir hättest, was Ordnung angeht. Wie kann ein junger Mensch nur so ein *schmonfutist* sein.« Das ist in Frankreich jemand, dem alles egal ist: *Je m'en fou!*

Wir schauen Nachrichten im Zweiten, *heute*. Der Euro kommt in zwei Monaten. Das ist ihr großes Thema. Es setzt ihr zu. Sie, die noch in alten Francs rechnet, muss sich erneut auf eine Währungsreform einstellen. Das ist zu viel für sie. Sie leidet wirklich. Außerdem glaubt sie, dass mit dem

Euro alles doppelt so teuer wird. Ich versuche sie zu beruhigen, vergebens. Das eigentliche Drama und letztlich der Auslöser für ihre Niedergeschlagenheit aber ist 9/11.

Es ist Dienstagvormittag, die Türme fallen, ich rufe sie in Strasbourg an. Sie weint herzzerreißend, es ist eine Totenklage. »Fahr hin«, sagt meine Frau. Eine Stunde später sitze ich im Zug nach Offenburg. Am Abend bin ich bei ihr. Sie ist verzweifelt.

»Diese Araber! Sie werden uns noch alle umbringen. Ich darf gar nicht an Israel denken. Bald haben sie die Atombombe. Was Hitler nicht geschafft hat. Was ist nur aus der Menschheit geworden? Früher war doch alles friedlicher.«

»Auschwitz war auch nicht schlecht«, sage ich.

»Das kann man nicht vergleichen«, protestiert sie. Heute, wo man alle Verbrechen schon begangen habe, müsse doch endlich der Frieden kommen.

»Die Menschen haben doch gelernt, dass Gewalt kein Weg ist, oder nicht?«

»Nein«, sage ich.

Die Twin Towers, der Euro, die Schlaftabletten. Eine direkte Linie in den Abgrund. Daran denke ich noch nicht, als ich sie auf ihrem Balkon stehen sehe. Sie lächelt. Das Lächeln, wie ich es drei Wochen später sehen werde, auf ihrem bleichen Gesicht in der *morgue,* dem Leichenschauhaus von Strasbourg.

Ileus

Hamburg, 1991. Wir haben uns einiges vorgenommen zu ihrem fünfundsiebzigsten Geburtstag, und die Stimmung ist gut. Am ersten Tag ist eine gewisse Anspannung bei allen spürbar, die durch übertriebene Höflichkeit und Zugewandtheit ausgeglichen wird. Meine Mutter schläft in unserem Schlafzimmer, das wir für sie geräumt haben. Das kleine, schmalbrüstige Haus hat zwei steile Stiegen, und wir möchten vermeiden, dass meine Mutter zu oft hochlaufen muss. So hat sie auch ihr eigenes Bad, wir leben für diese Zeit mit einem Provisorium. Das machen wir gern, wirklich. Wir sind froh, dass sie sich endlich überwunden hat und zu uns nach Hamburg gekommen ist. Meine Frau gibt die perfekte Hausfrau, kocht und backt und kümmert sich. Trotzdem hat meine Mutter immer etwas auszusetzen, weil es keiner im Haushalt so macht, wie sie es für richtig hält. Sie duldet keine andere Göttin neben sich.

»Was! Du kochst ein Huhn mit der Haut? Viel zu fett! Das macht man doch nicht mehr. Wer kocht heute noch ein Huhn mit der Haut? Schrecklich! Man staubt ab vor dem Saugen, sonst fällt doch der Staub runter und bleibt liegen. Wieso benutzt du kein Anti-Staub-Spray? Das hat man doch jetzt. Ich werde dir zeigen, wie man Mazzeknödel macht, das isst er am liebsten. Stimmt's? Das isst du am liebsten. Keine kann Mazzeknödel so machen wie ich. Gib es zu. Schon sein Vater hat immer gesagt, Lotte, deine Mazzeknödel! Aber für mich allein lohnt sich das nicht. Ich brauch das? Was unsereiner schon isst? Sag selbst, was esse ich schon? Willst du wissen, was ich esse? Am Morgen ein *biscotte,* mittags eine leichte Gemüsebrühe und abends einen Toast mit *Vache qui rit, c'est tout*. Ich trinke viel. Man muss viel trinken als alter Mensch. Aber auch als junger. Mein Herr Sohn trinkt viel zu wenig. Du musst auf ihn achten, dass er mehr trinkt. Das ist wichtig, auch für den Kopf. Manchmal denke ich, er ist schon *meschuggener* als ich. Er vergisst doch noch seinen Kopf.«

Meine Frau lacht.

Meine Mutter kommt, streicht ihr über die Wange.

»Ich bin froh, dass er dich hat«, sagt sie, »du weißt, am Anfang war ich nicht glücklich.«

»Du bist mit keiner glücklich«, sagt meine Frau freundlich, »für deinen Sohn gibt es nur eine Frau, und das bist du!«

Meine Mutter protestiert.

»Was du sagst! Ich bin doch froh, dass ihr euch gut versteht, das ist doch das Wichtigste. Eine Mutter will doch nur, dass ihr Kind glücklich ist.«

Ich streue einen Witz ein, zur Auflockerung:

»Da stellt der Sohn seiner Mutter drei junge Frauen vor, und als sie weg sind, sagt er: Nu, welche von denen werde ich heiraten? Da sagt die Mutter: Die Rothaarige! Da sagt der Sohn: Woher weißt du das? Sagt die Mutter: Sie war mir von Anfang an unsympathisch!«

Meine Mutter lacht nicht, sie nimmt es persönlich.

»Du kannst doch heiraten, wen du willst. Hauptsache, ihr seid glücklich. Mir brauchst du nichts erzählen von einer unglücklichen Ehe. Mein zweiter Mann war doch ein schrecklicher Mensch.«

»Warum hast du ihn dann geheiratet?«, will meine Frau wissen.

»Warum, warum! Ich wollte abgesichert sein, keine finanziellen Sorgen mehr haben.«

»Du hast dich also verkauft«, sagt meine Frau.

Das hätte sie nicht sagen sollen.

»Verkauft! Ich werd' dir geben *verkauft*! Willst du wissen, warum ich es getan habe«, schreit sie los, »für ihn habe ich es getan«, und zeigt dabei auf mich. »Damit ich ihm ab und zu mal was zustecken konnte. Er hatte doch nix. Gejobbt beim Fernsehen, der Herr Wichtig, brotlose Kunst! Eine junge Frau, ein kleines Kind. Dann die Scheidung.«

Sie schaut mich an.

»Sag doch was! So war es doch! Wenn ich dir nicht geholfen hätte, wärst du verhungert! Und jetzt macht man mir Vorhaltungen. Aber so ist das. Da meint man es gut, und das ist der Dank!«

Sie steht auf.

»Wohin gehst du?«, frage ich.

»Ins Bett. Und morgen früh fahre ich zurück nach Strasbourg. Habe ich das nötig, mich beschimpfen zu lassen, nach allem, was ich für ihn getan habe.«

»Ma«, rufe ich, aber sie ist schon aus dem Zimmer.

»Lass sie«, sagt meine Frau, »das wird schon wieder.«

Sie scheint meine Mutter besser zu kennen als ich, denn am nächsten Tag ist alles vergessen, ihre Laune ist prächtig, wir machen die geplante Hafenrundfahrt. Meine Mutter erzählt, wie sie das erste Mal in Hamburg war, mit meinem Vater, und wie sie im Hotel Atlantic gewohnt haben, das war 1951. Ich gebe meiner Frau ein Zeichen, sie lächelt.

Meine Mutter ist gerührt, als wir ins Atlantic kommen und sie zu einem Kaffee einladen.

»Nicht zu glauben«, sagt sie, »hat sich doch nichts verändert!«

Bevor ich sie zurückhalten kann, ist sie zur Rezeption gelaufen und beginnt auf den Concierge einzureden.

»Einundfünfzig war ich schon mal hier, mit meinem ersten Mann selig. Sie waren noch nicht hier, einundfünfzig?«

Der Mann lächelt freundlich.

»Nein, gnädige Frau, ich bin 1955 geboren.«

»Na, stell dir vor«, sagt sie, »dann könnten Sie mein Sohn sein. Wie heißen Sie?«

»Tobias Lauer«, sagt der Mann.

»Tobias. Ein schöner Name. Sind Sie verheiratet, Tobias? Sicher sind Sie das, so gut wie Sie ausschauen.«

»Ja, ich bin verheiratet«, sagt er und lächelt verlegen.

»Und? Haben Sie Kinder auch?«

»Ja, zwei. Ein Mädchen und einen Jungen.«

»Perfekt, so soll es sein«, sagt meine Mutter, »ich wollte auch immer zwei Kinder, aber mein Mann ist doch *nebbich* krank geworden, wie das so ist. Mein Sohn ist ein Einzelkind, das ist nie gut. Da drüben, das ist mein Sohn. *Bubele,* komm schon her und sag Herrn Tobias guten Tag.«

Wir sitzen in der imposanten Lobby des Hotels und trinken Kaffee. Sie möchte keinen Kuchen.

»Um Gottes willen, wer weiß, was die da alles reinmachen. Milchpulver, alte Eier, das sind doch Zuckerbomben! Mein Käsekuchen, weißt du noch? Allein die Kruste. Aber für wen soll ich noch backen? Für mich allein? Was ich schon esse. Ein *biscotte,* eine Brühe, *c'est tout.*«

Sie zeigt auf den Kuchen.

»Na, schau dir das an, wie das aussieht. Die Farbe, alles Chemie. Und das im Atlantic, peinlich.«

Aber dann isst sie mir mein Stück Käsetorte fast allein weg.

Nur mal probieren, nennt sie das. Sie spitzt den Mund und greift noch mal zu. Selbstverständlich ohne Gabel, sondern mit ihren langen, rot lackierten Fingernägeln.

»Meiner war besser. Kein Vergleich. Sag selber.«

Ich nicke.

Meine Mutter redet wie ein Wasserfall, und wir tun so, als würde es uns interessieren. Sie erzählt nichts Neues, wir kennen alles, was sie zu berichten weiß. Als ich eine Bemerkung mache und sage, dass ich diese Geschichte schon kenne, wird sie ungnädig:

»Na und? Dann hörst du sie dir halt noch mal an, große Sache! Ich hab doch *nebbich* keinen, mit dem ich reden kann den ganzen Tag. Einmal in der Woche ruft er an!«

Ich unterbreche sie.

»Du telefonierst fast täglich mit Thea und mit Tante Sophie.«

»Meine Schwester hat Alzheimer und brabbelt nur unsinniges Zeug, und Thea erzählt mir immer das Gleiche.«

Genau wie du, denke ich, aber bei dir ist es ja was anderes.

Kaum sind wir aus dem Hotel und gehen in Richtung Auto, legt sie los:

Wie ich dazu käme, der Kellnerin 1,80 Trinkgeld zu geben, ob der Reichtum ausgebrochen sei. Sie habe sich früher alles vom Mund abgespart, und der Herr Sohn schmeiße mit dem Geld nur so um sich. Eine Mark achtzig! Das sei nicht mehr großzügig, sondern nur blöd!

Am Auto angekommen gibt sie immer noch keine Ruhe, bis ich mir erlaube zu sagen, dass es mein Geld sei und ich die Summe für angemessen halte.

Schweigend fahren wir nach Hause.

Die Katastrophe bahnt sich in der folgenden Nacht an. Meine Mutter ist verstopft, kann seit Tagen nicht abführen und übergibt sich. Wir rufen den Notarzt, aber der gibt Entwarnung.

»Ihre Mutter hat eine Lebensmittelunverträglichkeit, oder sie hat was zu sich genommen, das nicht mehr frisch war.«

Das ist für meine Mutter das Signal zur Attacke. Obwohl sie schwach ist und übernächtigt, beginnt sie eine Tirade: »Herr Doktor, Sie sagen es, danke! Huhn mit Haut, Koriander, fette Sahne in der Soße, der miese Käsekuchen, seit wann esse ich so was? Nie! Wieso habe ich mich darauf eingelassen? Ich muss immer so essen, wie ich immer esse. Wollen Sie wissen, was ich esse? Ein *biscotte,* eine Brühe, *c'est tout*. Wenn ich irgendetwas ändere an meinem Essen, dann ist das mein Tod! Ich hätte mich durchsetzen sollen, aber man gibt nach. Als Gast will man doch nicht so sein, und das ist das Ergebnis.«

Der Doktor verabschiedet sich.

»Am besten nur Kamillentee mit Zwieback«, sagt der Doktor und geht.

Meine Mutter lässt sich ins Kissen sinken.

»Dass ihr in diesem Bett schlafen könnt, schrecklich! Alles tut mir weh. Hier tut mir weh, da tut mir weh.«

Am nächsten Tag geht es ihr nicht besser. Sie hat starke Schmerzen im Bauch, muss sich übergeben, stößt viel auf. Ich rufe Doktor Guth. Er hat seine Praxis schräg gegenüber. Das ist der Grund, warum wir zu ihm gehen. Als unseren Hausarzt würde ich ihn nicht bezeichnen, diesen mürrischen, besserwisserischen Mann. Seine Praxis sieht aus wie ein Blockhaus. Alles aus Holz, rustikal. Aber er ist ein Arzt aus Leidenschaft und ein guter Diagnostiker.

Meine Mutter ist misstrauisch. Sie findet den Doktor extrem unsympathisch, was uns nicht überrascht.

Er untersucht sie intensiv und grob. Wie ein SS-Mann, wird sie später sagen. Er redet nicht viel, erklärt nichts, brummt vor sich hin, als würde er seine eigenen Vermutungen nur immer wieder bestätigen. Während er sie aufmerksam abtastet, erzählt sie ihre Krankengeschichte.

»Vor sieben Jahren hatte ich Krebs, untenrum. Gebärmutterkrebs. Stellen Sie sich vor, mein zweiter Mann war gerade gestorben, Gott hab ihn selig, ich hätte jetzt was unternehmen können, mir mal was gönnen, eine Schiffsreise nach Amerika oder so, und endlich leben, und dann passiert so was. Was habe ich bisher gehabt von meinem Leben?

Krieg, Verfolgung, Lager, einen todkranken Mann, ein kleines Kind. Und mein zweiter Mann war so was von geizig. Ihnen gesagt! *Le cœur dur*. Sagen Sie selbst, habe ich das verdient?«

Der Doktor reagiert nicht.

»Normalerweise sagt man, alles raus da unten, Thema erledigt, aber bei mir wollte man nur bestrahlen. Mit mir kann man es ja machen. In Strasbourg kennt man sich aus mit Krebs? Da leben sie doch hinterm Mond. Die Kliniken sind wie zu Napoleons Zeiten. Unhygienisch, *a dreck*. Durch die Bestrahlung ist mein Darm dünn geworden und empfindlich. Deswegen esse ich nur wenig und nur leicht. *Biscotte*, Brühe, *c'est tout*. Aber hier kann ich leicht essen? Hier hat man mich gemästet. Huhn mit Haut, Sahne, meine Schwiegertochter meint es gut, aber für mich ist das Gift. Sobald ich mich besser fühle, fahre ich nach Hause. Da habe ich, was ich brauche, aber hier?«

»Ich mache Ihnen einen Einlauf«, sagt Dr. Guth.

In der Nacht bekommt sie Fieber, schwitzt, wimmert. Wir machen uns große Sorgen und rufen den Doktor aus dem Schlaf. Er kommt rüber. Als meine Mutter wieder aufstößt, riecht er an ihrem Mund und haut sich auf die Stirn.

»Himmelherrgott«, flucht er, »dass ich da nicht früher draufgekommen bin. Sie muss sofort ins Krankenhaus. Ihre Mutter hat einen Ileus, einen Darmverschluss!«

Mit Blaulicht wird sie ins Krankenhaus gebracht. Allein die Tatsache, dass es sich um das Israelitische handelt, beruhigt meine Mutter ungemein. Sie glaubt, dass das gesamte Personal aus Juden bestehe. Sie fasst sofort Vertrauen, auch als man ihr erklärt, dass man einen operativen Eingriff vornehmen muss, um ihr Leben zu retten.

Ich schaue ihr nach, wie sie über den neonbestrahlten Flur in Richtung OP geschoben wird.

Wir stehen zu dritt an ihrem Bett. Meine Frau, Doktor Müllerklein und ich. Meine Mutter ist vor einer Stunde aus der Narkose erwacht. Sie ist noch ein wenig abwesend, als der Arzt seine kurze Ansprache beendet:

»Und aus diesem Grund haben wir die Schlinge entfernt, minimalinvasiv. Dabei haben wir feststellen müssen, dass der Darm an dieser Stelle porös ist. Vermutlich durch die Strahlentherapie. Ich werde das in meinem Bericht vermerken. Wenn Ihre Frau Mutter wieder in Strasbourg ist, muss sie sich unbedingt bei einem Spezialisten vorstellen …«

Dann fügt er leise an: »… ein *anus praeter,* also ein künstlicher Darmausgang, wird sich wohl nicht vermeiden lassen.«

»Das bringt sie um«, sage ich leise.

»Nein«, meint der Doktor, »ein Stoma ist heute keine große Sache mehr, damit kann man gut leben. Es gibt Selbsthilfegruppen, Beratung, es ist kein Weltuntergang.«

»Für meine Mutter schon. Sie wird nie zu einer Gruppe oder zu einer Beratung gehen.«

Meine Mutter hat davon nichts mitbekommen, als sie versucht, sich aufzusetzen. Meine Frau hebt den Kopfteil des Bettes an. Der Doktor verabschiedet sich, sagt, dass er am Nachmittag noch einmal vorbeischauen wird.

Kaum ist er aus der Tür, sagt meine Mutter auf Jiddisch:

»Jenner is nich ka jid. Asoj unbetamt as jenner is! Im Jüdischen Krankenhaus a goj. Unmöglich ist das!«

Im Lavendel

Sommer 1992. Wir sind bei Freunden im Luberon zu Besuch, fahren zum Mittagessen in das nächste Städtchen, und wie das so ist, steht man vor den Schaufenstern der Immobilienmakler, in denen Fotos ihrer Schnäppchen hängen, bis meine Frau irgendwann verzückt ausruft: Ist das nicht toll? Sie zeigt auf ein Foto, darauf ist eine Ruine zu sehen. Meine Mutter würde sagen: *Oj, a broch!*

Wir fahren hin, gemeinsam mit der aufgebrezelten, italienischstämmigen Maklerin, die ununterbrochen redet, aber als wir dort sind, schweigt sie fast ehrfürchtig, und mit einem Mal fühlt es sich für uns an wie *homecoming:* Ein einsames Tal, sechs Hektar traumhaft schöne Natur, Sommerduft, Zikaden, ein Wald, Wiesen, Lavendelfelder und am Rand, an einem Hang, eine Ruine, die man nicht betreten kann, wegen der Brombeerbüsche, die jeden Eindringling abwehren.

Es ist eine ehemalige *Bergerie,* ein Schäferhäuschen, oben schlief der Schäfer, unten das Vieh. So war das hier vor einhundert Jahren. Wir kaufen es. *A mezije.*

Schnitt. Fünf Jahre später. Das Land ist kultiviert, Wege sind angelegt, aus der Ruine ist in liebevoller Mühe ein stattliches Haus geworden, das über dem Tal thront und in den

Lavendel schaut. Wir sind stolz auf unser neues Zuhause, und es ist an der Zeit, meine Mutter einzuladen. Sie hat im Lauf der Jahre an der Entwicklung des Projekts teilgenommen, indem sie es immer wieder schlechtgemacht oder uns prophezeit hat, dass wir uns finanziell überheben. Abgesehen von der Tatsache, dass sie alles für total überflüssig hält. Jetzt, wo es uns beruflich bessergeht, sollten wir vorsorgen und uns nicht in Abenteuer stürzen, die Fässer ohne Boden seien und uns die Haare vom Kopf fressen, wie sie meint. Ich dementiere heftig, obwohl ich manche Nacht wachliege und nicht weiß, wie wir das alles wuppen sollen.

Ich hole sie mit dem Auto in Strasbourg ab, und sie ist entzückt: »Das habe ich mir so gewünscht. Ein fast neuer Wagen, ein Mercedes, frisch gewaschen und … Automatik! Besser geht es nicht.«

Als ich ihre beiden Koffer einlade, erlaube ich mir launig zu bemerken: »Hast du deine Steinsammlung mitgenommen?« Sofort stelle ich fest, dass ihr jeder Sinn für Ironie abhandengekommen ist, vermutlich durch die Ehe mit »ihm«, denn sie sagt: »Ach, ist dir das zu viel? Was kann ich wissen, was für ein Wetter ist? Man muss doch ein paar Sachen mehr mitnehmen. Aber bitte, ich kann ja kommen wie ein *schnorrer*. Oder ich muss überhaupt nicht fahren!«

»Ma«, beruhige ich sie, »es war ein Witz.«

»Ja, ja«, meint sie, »in jedem Witz steckt auch drin *a bissele a* Wahrheit.«

Es wird im Lauf der nächsten Wochen nicht das einzige Mal sein, dass wir wegen einer ironischen Bemerkung aneinandergeraten. Sie nimmt alles persönlich, das macht das

Zusammensein nicht einfach. Besonders bei Witzen über Krankheiten reagiert sie allergisch:

»Du lachst«, sagt sie dann, »ich hatte vor ein paar Wochen solche Kopfschmerzen, ich hatte nie Kopfschmerzen, aber jetzt? Es sind die Nerven ...« und schon geht es los, und aus einer harmlosen, humorigen Bemerkung entwickelt sich ein Proseminar über neurologische Phänologie.

Wir fahren los. Draußen sind es bereits dreißig Grad, aber im Auto holt sie sich angeblich den Tod durch die Klimaanlage. Ich schalte sie aus, lasse das Fenster runter. Es zieht. Ich mache das Fenster hoch, öffne ein wenig das Schiebedach. »Dafür war ich beim *coiffeur*«, sagt sie bitter, »und habe dreihundert Francs ausgegeben, damit mir der Kopf wegfliegt.«

Alles ist jetzt hermetisch geschlossen.

Ich schwitze, sie sagt: »Geht doch, oder?«

Sie schaut mich an. »Ein Mensch soll so schwitzen. Das ist nicht normal, dass jemand so schwitzt. Du hast doch früher nie so geschwitzt. Das kann nur an eurer Ernährung liegen.«

Dieser Seitenhieb musste sein.

Wir nähern uns der Schweizer Grenze. Kurz vor Basel schlage ich vor, einen Abstecher nach Riehen zu machen, um mal zu sehen, ob es noch Reste des Lagers gibt. Auch das Diakonissenheim, in dem ich mein erstes Lebensjahr verbracht habe, würde mich interessieren.

»Gott behüte, *fehlt mir aus*«, sagt sie, »da musst du allein hin! Die Schweizer! Die Edelleute, wie sie uns behandelt haben.

Alle sind in die Bunker bei den Luftangriffen, nur wir durften oben bleiben! Das hätte denen gefallen, wenn wir alle draufgegangen wären. Und wie viele sie zurückgeschickt haben. Da spricht keiner drüber.

Und das Geld, das sie eingesackt haben. Bis heute lagern Millionen in Schweizer Banken. Jüdisches Vermögen, von Menschen, die ins Gas gingen. Hör mir auf mit den Schweizern! *A miese meschinne gewünscht!*«

Wir machen viele Pausen, sie muss immer wieder auf die Toilette. Auch vor Grenoble. Ein tolles Bergpanorama. Ich zeige ihr die Aussicht.

»Ist das nicht toll?«

»Mit Bergen kannst du mich jagen«, sagt sie.

»Aber du warst doch viel in den Bergen? Seefeld, Gastein, Meran.«

»Die Männer wollten es so. Er und dein Vater. Die waren verrückt nach Skifahren und Wandern in den Bergen. Aber ich? Wer braucht das? Sonne und Strand, das ist alles. Da kannst du mich hinlegen, und da bleibe ich. Israel, das ist mein Land. Wenn ich jünger wäre und die Araber nicht wären … Man sollte das Land teilen und fertig. Aber wer garantiert, dass sie dann Ruhe geben?«

Der Tag geht zur Neige. Die Straßen werden enger, die Dörfer kleiner, irgendwann sind wir da.

»Am *tuches* der Welt«, sagt meine Mutter. »Wie kann man hier leben?«

Sie macht sich noch nicht einmal die Mühe, so zu tun, als ob es ihr gefiele. Ich parke vor dem Haus, meine Frau kommt, umarmt meine Mutter, die sich gnädig begrüßen lässt. Nie hat sie je zu mir gesagt, dass sie meine Frau nett findet.

Das Einzige, was ihr über die Lippen kommt, ist: »Ihr müsst miteinander glücklich sein, ihr sollt euch liebhaben, das ist die Hauptsache. Ich habe doch *nebbich* kein Glück gehabt in der Liebe.«

Und schon sind wir wieder bei ihr.

Wir zeigen ihr das Haus. Die Treppen sind zu steil, die Küche ist zu unfertig. Wir überlassen ihr unser Schlafzimmer. Klo und Bidet sind zu hoch. Man bricht sich doch den *tuches.* Und der *kelef*! Auch das noch. Der Hund ist ihr zu stürmisch, sie hat Angst, dass Lilly sie umwirft. Aber Lilly ist blind geworden, deshalb ist sie manchmal etwas unkoordiniert.

»Wieso lasst ihr sie nicht einschläfern?«

»Es gibt keinen Grund. Man merkt nicht, dass sie blind ist. Sie hat noch viel Lebensfreude«, antworten wir. »Sie ist nach wie vor gut drauf.«

»Nebbich«, meint meine Mutter. »Ich würde sie erlösen.«

Am Abend bei Tisch. Meine Frau hat sich selbst übertroffen und ein tolles Menü zubereitet. Nur Lotte sieht das anders: »Zu viel, zu schwer, zu spät, mit Knoblauch und Ingwer? Wahnsinn. Wer braucht das? Was ich schon esse.«

Meine Mutter hat ihren rosafarbenen Morgenrock angezogen, den sie, bis auf ein paar Ausnahmen, immer anhaben wird. Für was sie zwei Koffer dabeihat, erschließt sich uns nicht.

Am nächsten Tag fahren wir in unser kleines, hübsches, pittoreskes Städtchen, es ist Markt. Den Ort findet meine Mutter ganz hübsch, den Markt, der sich über die ganze Stadt verteilt, auch, aber die Sachen!

»*A dreck, schmattes, tinnef.* Wer braucht das? Ein paar blöde Touristen, die das kaufen. Oder ihr! Und das Gemüse und das Obst. Wenn das bio ist, bin ich auch bio. Wie das ausschaut!«

Wir wollen mittags zu unserem Marokkaner. Zu Idriss. Dort essen wir immer gern *couscous au poisson.*

»*Chas' we scholem!* Gott soll mich abhüten!« Das ist mit Lotte nicht zu machen. »Fisch? Hier? Wer weiß, was die da reinmachen?«

Wir enden in der Crêperie. Eine Crêpe mit Roquefort. Das gefällt ihr. Danach wird sie aufstoßen und uns verantwortlich machen.

So gehen die Tage dahin. Sie liegt viel im Bett. Die Treppe hat kein Geländer, sie hat Angst. Beim Schlosser lässt meine Frau einen Handlauf aus Metall fertigen, den sie selbst anbringt. Jetzt geht es besser, aber nicht ideal. Meine Mutter befürchtet zu stürzen. Auch wegen des Hundes! Und sie kann nicht verstehen, dass man für ein quasi neues Haus alte Materialien verwendet. Alte Kacheln, altes Steingut, alte Balken, alte Dachziegel, alte Fenster und … alte Möbel!

»Das hat man doch heute nicht mehr. Kann man doch alles neu kaufen. Aber euch kann man das alles andrehen. Ihr seid gute Freier!«

Wir schrammen oft an Streitereien mit Lotte vorbei, weil wir uns zusammennehmen, meine Frau und ich. Wir sagen uns, wenn sie schon mal hier ist, dann soll sie es auch gut haben. Aber was wir auch tun, es ist immer falsch. Der Aufenthalt bei uns ist eine Zumutung für sie, so lässt sie es uns täglich spüren. Mal ist es zu heiß, dann wieder zu kalt.

Vor ein paar Jahren haben wir Marianne und Alain kennengelernt. Marianne ist ursprünglich aus Deutschland, Alain ist ein korsischer Aristokrat. Und wie es sich für Mitglieder der Elite gehört, besitzen sie ein Schloss. Ein bezauberndes kleines Château, zwei Ortschaften von uns entfernt. Selbstverständlich gibt es einen alten Wehrturm, der zum Gästetrakt umgebaut wurde, und ein großzügiges Schwimmbad.

Wir haben in der Vergangenheit viele schöne Stunden bei den beiden verbracht. Gerade als sich unser Haus noch im Bau befand, war es wohltuend, aus unserem Provisorium zu fliehen und hier auf gepflegte Wohn- und Esskultur zu treffen. Außerdem bekamen wir auch manchen hilfreichen Tipp, denn mit dem Renovieren von alten Gemäuern kennen sich die beiden aus.

Marianne wird sechzig und hat uns schon vor vielen Wochen zu ihrem Geburtstag eingeladen. Wir wollen absagen, wegen meiner Mutter, aber Marianne lässt das nicht gelten. Selbstverständlich muss meine *Maman* mitkommen, es wäre ihr eine Freude. Außerdem sei auch ihre »Mutti« zugegen. Meine Mutter würde sich bestimmt wohlfühlen. Als wir ihr den Vorschlag machen, uns zu begleiten, ist sie ablehnend.

»Was soll ich bei französischen Snobs? Diese *franekes*, alles Antisemiten«, sagt sie.

»Die nicht«, sage ich.

»Geht ruhig«, sagt sie, »ich kann hier allein bleiben. Mit dem Hund. Hauptsache, ihr amüsiert euch.«

Eine Minute später ruft sie meine Frau ins Schlafzimmer.

»Siehst du«, sagt sie, »gut, dass ich dieses Kleid eingepackt habe. Und die Stola. Man muss immer damit rechnen, dass man mal schick ausgeht!«

Der große Abend ist gekommen. Meine Mutter hat sich aufgebrezelt. Schmuck, Dekolleté, Nerzstola, Pumps. Sie sieht aus wie die Königinmutter, als sie auf dem Beifahrersitz Platz nimmt und sofort zu meckern beginnt. Die Schuhe zu eng, der Hüfthalter bringt sie um. Ich habe sie gewarnt. Um das Schloss herum gibt es nur Kies. Da läuft es sich schlecht in hohen Absätzen. »Wann habe ich denn noch mal die Gelegenheit?«, fragt sie. »Sag doch selbst. Wo ich schon hingehe. In Strasbourg, in diesem langweiligen Kaff. In die Orangerie. *Auch a vergniegen*. Sind doch alles Bauern, diese Elsässer. Für die soll ich mich schick machen?«

Die Gastgeber empfangen uns am Parkplatz, wo bereits einige Limousinen und Sportwagen stehen.

Meine Mutter: »Schau dir das an! Unberufen! Die *gojim* leben!«

Auch Mariannes Mutter ist dabei, und die älteren Damen werden miteinander bekannt gemacht. So wie bei Kindern, denen man sagt, nachher dürft ihr miteinander spielen, das wird bestimmt lustig. Sofort sind die beiden Damen in inniger Abneigung verbunden.

Meine Mutter wird den ganzen Abend kein Wort mehr mit Mariannes Mutter wechseln. »Was soll ich mit der Alten?«, wird sie später sagen, obwohl die nicht älter ist als sie.

Ich habe genug, gehe los zu den imposanten Platanen im Park, unter denen eine weiße, etwa zwanzig Meter lange Tafel dekoriert ist, mit edlem Geschirr, mit Blumen und Kristall, mit Silber und Girlanden. Währenddessen bekommt meine Mutter eine exklusive Führung durch das kleine Schloss geboten. Dabei hat sie sich bei meiner Frau untergehakt und heuchelt Harmonie.

Sie scheut sich auch nicht zu sagen, wie sehr sie meine Frau bewundert, nachdem Marianne davon schwärmt, was meine Frau aus der Ruine gemacht hat, wie gut sie kochen kann und dass sie überhaupt perfekt ist.

Meine Mutter bestätigt, dass meine Frau eine großartige Köchin sei, »ein Händchen« habe für Innenarchitektur und wie erstaunlich es sei, dass sie die schönen alten Stücke gefunden habe. Überhaupt sei sie sehr glücklich mit ihrer Schwiegertochter.

Als sie zu den Platanen kommt, stolpert meine Mutter auf dem Kies, aber fängt sich gleich wieder. Auf das Angebot von Marianne, ihr bequemere Schuhe zu geben, geht meine Mama nicht ein. Danke, aber in den Pumps laufe sie wie in einem Hausschuh. »Zwanzig Minuten von hier ist ein Krankenhaus mit einer Notaufnahme«, flüstert Alain mir zu. Das ist beruhigend zu wissen.

Ich stelle meine Mutter Moses Mizrahi und dessen italienischer Frau Ariana vor. Wir haben die Mizrahis vor ein paar Monaten hier kennengelernt, als sie auf der Suche nach einem Haus waren. Inzwischen haben sie was gefunden, wie sie stolz erzählen. »Nicht weit von hier, ein Schnäppchen, viereinhalb Millionen Francs. Muss aber noch viel gemacht werden.«

Mizrahi ist ägyptischer Jude, der in England Diplomat oder Banker oder Investor oder alles gleichzeitig war. Jetzt lässt er sein Leben im Lavendel ausklingen. Meine Mutter setzt sich neben Mizrahi an die lange Tafel. Die Szenerie ist wie aus einem Film von Claude Sautet. Französischer Landadel an einem Augustabend in der Provence. Jeden Augenblick werden Romy Schneider und Michel Piccoli um die Ecke biegen.

Meine Mutter ist aufgekratzt, kichert und gackert, dass es mir nur noch peinlich ist, aber ich habe keine Chance einzugreifen, da ich zu weit von ihr entfernt sitze. Sie nennt Mizrahi *Moische,* bringt ihm jiddische Ausdrücke bei, erzählt von ihren Krankheiten. Müßig zu erwähnen, dass sie dabei Champagner trinkt, Langusten isst, danach *gigot d'agneau* zu sich nimmt und dazu einen schweren Bordeaux. Vom Dessert und einem *bronfn* nicht zu reden. Und auch der späte Espresso, der sie bei uns zu Hause umbringen würde, muss sein.

Es ist nach elf, als ein Musette-Trio unter Jubel und Klatschen der Gäste Einzug hält. Bei den ersten Klängen der Musik ist meine Mutter auf der improvisierten Tanzfläche und animiert alle Männer zum Mittanzen. Sie wiegt sich in den Hüften, wirft den Kopf zurück, beißt sich dabei kokett auf die Unterlippe und führt sich auf wie Rita Hayworth in *Gilda*.

Während wir sehr spät nach Hause fahren, sage ich, dass es ihr offensichtlich gefallen hat.

Ihr Kommentar: »Ach was. *Gojim naches!* Aber man will ja nicht unhöflich sein. Als Gast. Außerdem ist es besser für euch, wenn sie einen guten Eindruck von mir haben! Oder habe ich euch blamiert?«

»Wie kommst du darauf?«, sagt meine Frau.

Der vorletzte Tag ihres Urlaubs. Meine Mutter möchte noch einmal auf den Markt gehen. Das freut uns, wenn man an ihre Vorbehalte denkt, die sie zu Beginn der Ferien hatte. Überhaupt, so muss man konstatieren, ist eine gewisse Harmonie eingekehrt, die darin besteht, dass meine Mutter sich nicht automatisch gegen alles wehrt, was man ihr vorschlägt oder vorsetzt. Es gibt durchaus Momente, in denen wir gemeinsam lachen und uns gegenseitig sagen, wie schön das Leben doch sein kann, trotz aller Schicksalsschläge. Auch Lilly, das gute, blinde Hundemädchen, ist ihr inzwischen ans Herz gewachsen.

So kommt es, dass wir auf dem alten Marktplatz vor einem Bistro sitzen und meine Frau plötzlich sagt, ob Lotte es sich vorstellen könnte, hierherzuziehen. Nicht zu uns ins Haus, aber hier in das kleine Städtchen. Es gibt viel zu erleben, zu sehen, es gibt viele Sehenswürdigkeiten, Museen, Galerien, Kino, Supermärkte, Ärzte, Apotheken.

Wir könnten uns treffen, wann wir wollten, und zusammen viel unternehmen. Auch Aix und Marseille wären nicht weit und die Côte d'Azur ein Katzensprung. Cassis, Cannes, Nizza, alles kein Problem. Gerade hier in der Altstadt gibt es hübsche, preiswerte Apartments. Wir würden eins mieten und es ihr einrichten.

Zu unserer Freude reagiert meine Mutter positiv. Wir flanieren durch die Altstadt und machen Pläne. Als meine Mutter allerdings ihre »Forderungen« stellt, sind wir ernüchtert. Putzen, kochen, sich kümmern muss von uns organisiert werden, ebenso besteht sie darauf, dass meine Frau sich einmal die Woche um die Wäsche und das Bügeln kümmert. Es ist diese Form der Unbescheidenheit und des Anspruchs, die uns sprachlos macht, und so kehren wir schweigend aufs Land zurück.

Am nächsten Tag fahre ich sie nach Strasbourg. Siebenhundertfünfzig Kilometer. Sie sitzt neben mir und schimpft über alles. Der Abend bei diesen französischen Snobs habe ihr den Rest gegeben. Der Fraß und so spät. Der Magen ist kaputt. Der Rücken schmerzt von unserem Bett, sie schläft schlecht, die Hitze tut ihr nicht gut und der Mistral ist entsetzlich, das Essen ist sie nicht gewohnt. Sie ist spürbar unzufrieden mit mir und meinem Leben. Ist das wirklich alles nötig? Jetzt, wo es aufwärtsginge, würde ich das Geld mit vollen Händen rauswerfen. Ich würde in den Tag leben und hätte wenig Verantwortungsgefühl. Wohnung in Hamburg, Haus in der Provence, der Sohn studiert in L. A., Mercedes, Reisen – das kann morgen alles wieder vorbei sein.

Das, was sie bei anderen bewundert, sind in meinem Fall nur Äußerlichkeiten. Sie ist wieder die alte Nörglerin, und ich bin froh, als ich in Strasbourg ankomme und sie in ihre Wohnung bringe.

Es ist früher Abend, als sie mich fragt, ob ich über Nacht bleiben und am nächsten Morgen zurückfahren will. Es klingt halbherzig. Nein, sage ich, es wäre mir lieber, gleich zurückzufahren. Wie du willst, sagt sie erleichtert und bemüht sich nicht, mich zurückzuhalten.

Es gab Zeiten, da hätte sie gesagt, bitte bleib, es ist spät, zu anstrengend, mitten in der Nacht, ich mache mir solche Sorgen. Ich habe das Gefühl, sie ist froh, wenn ich weg bin. Sie sagt noch nicht einmal, ruf an, wenn du angekommen bist.

Ich fahre bis kurz vor Genf, da entdecke ich ein Motel. Ich esse eine Kleinigkeit und gehe danach auf mein Zimmer. Nachdem ich mit meiner Frau telefoniert habe, lege ich mich ins Bett. Aber ich kann nicht einschlafen. Ich muss an die Mutter denken, die es nicht mehr gibt. Wo ist sie hin? Ich spüre keine Liebe mehr. Mitleidlos ist sie geworden. Offenbar ist sie nicht fähig, ein wenig stolz zu sein auf den Sohn, der es entgegen aller Prophezeiungen doch geschafft hat, etwas aus seinem Leben zu machen. Nur Bitterkeit und Vorwürfe. Eine alte, frustrierte Frau, die mich für ihr unglückliches Leben verantwortlich macht.

Ich weine.

Ein Monolog meiner Mutter

Mitleidlos? Ist das dein Ernst? Hast du vergessen, was ich mitgemacht habe? Von der Schule hat man mich geworfen. Aus dem Land getrieben. Das ist eine Kleinigkeit? Die Eltern haben sie mir ermordet. In Frankreich wurde ich gejagt wie ein Stück Vieh. Das Lager habe ich nur mit Glück überlebt. Dann die Flucht. In der Schweiz war es besser? Nur dass man uns nicht erschlagen hat! Dann Fliegeralarm! Alle durften in den Bunker, nur die Juden nicht. Die Schweizer Edelleute! Ich war denen egal, auch wenn ich verreckt wäre. Über uns die englischen Jagdbomber. Wäre nicht das erste Mal gewesen, dass sie versehentlich die Schweiz getroffen hätten. Dann deine Geburt. Ein Blutbad. Endlich! Der Krieg war vorbei. Zuerst zurück nach Paris. Dort hat man uns auch nicht gerade mit Salut empfangen. Die Franzosen haben genug mit sich selbst zu tun gehabt. Man musste überleben. Es gab doch nichts. Ich wollte zurück nach Deutschland? Ins Land der Mörder? Ich habe klein beigegeben. Dein Vater wollte zurück, sein altes Geschäft wieder aufbauen. Zusammen mit seinem Bruder, dem *schlemiel. Jenne* Geschäftsleute waren das! *Nebbich*.

Alles haben sie verzockt! Dann wurde dein Vater schwer krank. Schlaganfall, Leukämie. Alles blieb an mir hängen. Wer hat an mich gedacht? Ich war auf mich allein gestellt.

Mit einem kranken Mann und einem kleinen, verwöhnten Kind. Ja, du warst verwöhnt. Es ist nicht deine Schuld, aber wir haben dich zu sehr verwöhnt. Egal. Dann kam der Prozess. Ich wollte Wiedergutmachung? Schon das Wort allein! Aber der Lubinski hat in uns reingehackt: Wollt ihr denen was schenken? Es steht euch zu. Gut, eure Toten bekommt ihr nicht zurück, aber bluten sollen sie doch dafür, die Deutschen. Und so haben wir uns drauf eingelassen. Das hat ihm den Rest gegeben. Familie, ein sterbenskranker Mann, Prozess, ein Geschäft mit einem Dutzend unfähiger und verlogener Teilacher und ich auf mich allein gestellt. Eine Frau von vierzig. Ich hatte Ahnung? Aber ich konnte mich durchsetzen, ich MUSSTE mich durchsetzen. Und jetzt kommst du daher und machst mir Vorwürfe? Hartherzig bin ich? Mitleidlos?

Hast du vergessen, was ich für dich getan habe? Wie eine Löwin habe ich für dich gekämpft. Nachts, wie du mich heimlich angerufen hast, aus dem Schullandheim, hast geheult: Mama, wir müssen uns jeden Morgen in Unterhosen anstellen zum Kakaoholen! Bei der Kälte! Eine Minute später war ich im Auto. Bin zweihundert Kilometer durch die Nacht gerast. Hab den Lehrer wachgerüttelt. Hab ihm gegeben Kinder nackt rausjagen! Ist das ein KZ hier? Was sind Sie? Ein Kapo?

Dann habe ich dich geschnappt, und wir sind weggefahren. Aber nicht nach Hause. Nach Bad Orb sind wir ins beste Haus am Platz und haben es uns gutgehen lassen. Weißt du noch? Oder nach deinem schweren Unfall. Im zionistischen Jugendlager. Du warst dreizehn, als du beim Klettern abgestürzt bist. Witzenhausen! Am Arsch der

Welt! Wer war plötzlich nachts an deinem Krankenbett? Deine mitleidlose Mutter! Neben mir der Rebbe, nebbich. Hab den Rabbiner Lichtigfeld selig noch rausgeklingelt. Der sah doch noch aus, wie ein Rabbi aussehen muss. In dem verschissenen Dorfkrankenhaus haben sie geglaubt, Gott persönlich ist gekommen. Nein, gnädige Frau, das ist unmöglich, dass Sie Ihren Sohn mitnehmen. Er ist nicht transportfähig. Dann machen Sie ihn transportfähig, habe ich gesagt. Mit der Ambulanz haben sie dich geholt und nach Frankfurt gebracht, ins Friedrichsheim zu Professor Günzel, privat, damals, unbezahlbar, aber er war der Einzige, der eine Ahnung hatte. Wenn ich dich nicht da rausgeholt hätte, wärst du heute ein Krüppel.

Mitleidlos? Die hat mir die Haare vom Kopf gefressen, deine Krankheit. Fast ein Jahr warst du drin. Hast du das vergessen? Jeden Tag bin ich nach Niederrad. Dein Vater war noch keine zwei Jahre tot. Anschließend teure Nachhilfe, damit du nicht sitzenbleiben musst. Das stimmt, ich war eine ehrgeizige Mutter. Aber ich wollte nur, dass du es besser hast. Ich hatte was vom Leben?

Dann kam er und die zweite Ehe. War so nötig wie ein Geschwür am *tuches*. Aber das weiß man vorher ja nicht. Er hat sich als ein Geizhals rausgestellt. Aber gut, ich wollte Sicherheit. Auch finanziell. Du nennst es egoistisch, ich war froh, dass ich mich mal fallenlassen konnte und jemand für mich gesorgt hat. Endlich.

Aber ich habe es auch für dich getan, auch wenn du das nicht gern hörst. Habe ich dich nicht zwischendurch unterstützt? Dir was zugesteckt? Dann ist er gestorben, und ich hätte endlich leben können. Aber was ist passiert? Krebs! Dann die falsche Therapie. Dann der künstliche Ausgang. Aber ich konnte dir endlich helfen, mit Geld. War doch so, oder etwa nicht? Ich habe mir was gegönnt? Und für was das alles? Dass du mir heute Vorwürfe machst? Das ist der Dank?

Ein kleines, aber mieses Land!

Es gibt kaum ein Land, in dem mich die Phantome meiner Vergangenheit so sehr verfolgen wie in der Schweiz. Kaum habe ich die Grenze bei Basel passiert, ist alle Unbeschwertheit verflogen, legt sich ein dunkles Netz über meine Gedanken. Gleich, ob ich mit dem Auto vom Elsass komme oder in Lörrach den Autozug aus Altona verlasse. Das Schweiz-Syndrom verfolgt mich in Genf ebenso wie nach der Landung in Zürich. Und das, obwohl ich viele schöne Tage mit meinen Eltern in Davos oder Lugano verbracht habe. Die Schweiz ist in meinen Augen unnahbar, unerbittlich, ignorant, gefühllos. Es ist merkwürdig, ja sicher ungerecht, aber es gehört zu unserer Familientradition, die Schweiz noch weniger zu mögen als Deutschland. Trotz der nicht miteinander vergleichbaren Untaten der Vergangenheit. So hat jeder Ort in der Schweiz, an dem ich vorbeikomme, dessen Name ich auf Straßenschildern lese, seine individuelle »Duftmarke«.

Riehen bei Basel. Das ist der Ort meiner Geburt. Hier befindet sich das Internierungslager für weibliche Flüchtlinge. Ich kenne es lediglich aus den dramatischen Schilderungen meiner Mutter. An das erste Jahr meines Lebens fehlt mir naturgemäß jede Erinnerung, aber ich werde als Säugling von drei Monaten in das örtliche Diakonissenheim gegeben, während meine Eltern nach Paris gehen, auf der Suche nach überlebenden Verwandten und Freunden, nach einer Wohnung und einem Job. Erst über ein Jahr später holt mich meine Mutter ab und nimmt mich mit nach Paris. Sie ist ihr ganzes Leben davon überzeugt, dass diese Trennung in mir nichts verursacht hat. »Du warst ja noch ein kleines Kind.«

Adliswil. Jedes Mal, wenn wir mit dem Wagen vorbeifahren, auf dem Weg nach Graubünden oder ins Tessin, sagt mein Vater: »Diese Straßen habe ich gebaut!« Immer wieder erzählt er von den Strapazen und Schikanen, denen die männlichen Flüchtlinge im dortigen Arbeitslager ausgesetzt waren. »Gut, wir wurden nicht geschlagen, und es ist keiner gestorben, aber Edelleute waren die Schweizer auch wieder nicht!«

Bienenberg. Liestal. Sitzen die Teilacher bei der jährlichen Chanukkafeier in der Firma Bergmann zusammen, kommt immer wieder die Schweiz auf die Tagesordnung. Arbeitslager wie Bienenberg oder Liestal werden genannt. Bergkraut erzählt, wie er zurückgeschickt werden soll nach Deutschland und wie er mit Selbstmord droht, bis man ein Einsehen hat. Leo Picks Schicksal ist noch dramatischer. Er hat bei Basel den Rhein durchschwommen und wird doch wieder nach Deutschland ausgeliefert. Er kann aus Dachau fliehen und durchschwimmt diesmal den Bodensee! Nach dem Krieg wird er von der Schweizer Fremdenpolizei wegen illegalem Grenzübertritt ausgewiesen.

Zürich. Mit dieser Stadt verbindet mich die schrecklichste Geschichte. Es ist das Frühjahr 1965, ich arbeite als Volontär bei der *Frankfurter Rundschau*, als ich einen Anruf von meiner Mutter erhalte: Dagmar ist tot!

Urs Heger hat sich im Lauf der Zeit als der herausgestellt, den wir alle schon immer in ihm vermuteten. Als ein herrischer, gefühlloser, gleichgültiger, egoistischer Mann. »Kunststück, ein Schweizer!« (O-Ton meiner Mutter) Sie will diesen *miesnik* nicht mehr wiedersehen, und so ist es mein Onkel, der nach Zürich fährt, zur Beerdigung dieser jungen Frau von achtundzwanzig Jahren.

Als er zurückkommt, berichtet David: »Was für eine Welt! Eine Villa haben die, dir gesugt, mit allem Drum und Dran. Unsereiner soll so leben! Selbstverständlich Blick auf den Zürichsee. Du wirst es nicht glauben. Dieser *potz*, dieser miese, hat doch angefangen ein Verhältnis mit dem Hausmädchen. Stell dir vor. Hat eine wunderbare Frau, einen gelungenen Sohn, verdient ein Vermögen und fängt was an mit dem Dienstmädchen! Ich hätte ihm den Schädel eingeschlagen. Aber nein. Was macht unsere Dagmar? Sie kommt nach Hause, sieht, wie er gerade im Bett liegt mit dem Mädchen, geht zum Schrank, holt das Gewehr, du weißt, die Schweizer haben doch immer ihr Gewehr zu Hause, die Reservisten, vom Militärdienst. Und sie erschießt nicht ihn, sondern sich!«

Ich bin erschüttert, verzweifelt, wütend. Ich schreibe Urs Heger einen bitterbösen Brief, den ich nie abschicke.

Zwanzig Jahre später treffe ich in München zufällig einen jungen Schweizer Filmregisseur. Es ist mein Neffe Daniel! Wir haben bis heute ein inniges Verhältnis.

Er lebt übrigens nicht in der Schweiz, sondern auf Mallorca.

Quelqu'un

Bei meiner Mutter muss man *quelqu'un* sein, also jemand, der etwas ist. »Der ist *quelqu'un*«, das ist für sie eine Auszeichnung. Es handelt sich dann stets um eine Person, die etwas aus sich gemacht hat, die oft wohlhabend, gesellschaftlich anerkannt und einflussreich ist. Ich bin nicht *quelqu'un*. Aber ihre neuen Nachbarn, das junge, schicke Ehepaar Aurelie und Thierry. Die sind *quelqu'un*.

Viele Monate steht die große, teure Wohnung gegenüber leer, aber dann, im Jahr 2000, regt sich Leben. Es wird gehämmert, gemauert und gepinselt, gesägt und geschweißt, und schließlich stehen die neuen Nachbarn vor Lottes Tür, stellen sich vor und laden meine Mutter zu einem kleinen Umtrunk ein. Noch am selben Abend ruft mich meine Mutter an und berichtet:

»Also, *emmes bekuwete* Menschen. Anständige *gojim*. Er ist *quelqu'un, dir gesugt*. Er hat eine Fabrik geerbt in Illkirch, irgendetwas Technisches. Er stellt was her für Computer, *weiß ich*? Und die Wohnung, ich sage dir, so was hast du noch nicht gesehen. *A vermejgen*. Ein Palast. Rothschild ist Dreck dagegen. Eine Eleganz, ts, ts. Sie hat Geschmack, da kann man nichts sagen. Aber sie passt zu ihm? Er ist doch ein Bild von einem Mann, ist er, aber sie ist *nebbich* ein kleines, unscheinbares Persönchen. *Unbetamt.* Aber was kann man machen? Wo die Liebe hinfällt. Er ist *a partie*, sage ich dir. Ich habe von dir erzählt. Wenn du das nächste Mal kommst, müssen wir rüber. Das musst du sehen. Du wirst begeistert sein. So was! Unglaublich! Wenn ich euch vergleiche, sei mir nicht böse, aber den Unterschied will ich Klavier spielen können!«

Was andere machen, sagen und tun, ist immer besser als das, was ich tue. Jedenfalls mir gegenüber. Bin ich allerdings nicht da, wachse ich zu einem Giganten. In der Auseinandersetzung der jüdischen Mütter, im Wettstreit der Genies, in der Auszeichnung »Sohn des Monats« belege ich gewiss einen der vorderen Plätze. Treffen wir uns zum Beispiel mit ihren Bekannten in einem Café, dann werde ich vorher gebrieft:

»Ich habe denen gesagt, du rufst zweimal die Woche an, ich habe gesagt, du warst letzten Monat hier, sie glauben, du bist erfolgreich und schickst mir regelmäßig Geld. Und vergiss nicht, ihr habt ein Château in der Provence.«

Das schlägt rasch um. Telefonieren wir beispielsweise sonntags miteinander, dann werden wildfremde Menschen zu Zeugen gegen mich berufen. Marliese, die Putzfrau, sagt: »Madame, das ist eine Schande, wie Ihr Sohn sich Ihnen gegenüber verhält, wo Sie es so schwer hatten im Leben, sich alles vom Mund abgespart haben.«

Die Friseurin meinte auch: »Das kann doch nicht sein, dass Ihr Sohn sich so wenig kümmert um seine *Maman,* wo die doch alles für ihn getan hat, sich aufgeopfert, sich nichts gegönnt.«

Der Garagist äußert sich ebenfalls: »Ihr Sohn könnte

wirklich öfter anrufen! Zuerst hatten Sie den kranken Mann.«

Selbst die Kassiererin im Supermarkt ist entsetzt: »Das kann doch nicht sein, Madame, dass ein Sohn sich so undankbar zeigen soll. Wo Sie so krank waren.«

Was daran das Beleidigende ist? Sie glaubt tatsächlich, dass ich ihr diese Märchen abnehme!

Einmal habe ich gesagt: »Weißt du was? Marliese werde ich was erzählen! Was geht die das an?«

Daraufhin meine Mutter: »Genau das habe ich ihr gesagt. Ich habe gesagt, das geht zu weit, dass Sie so über meinen Sohn sprechen. Er ist doch *nebbich* so beschäftigt. Einmal habe ich gelogen und gesagt, du bist in Amerika. Nur damit sie aufhört, dich zu beschimpfen!«

Darf ich das zumindest opportunistisch nennen, ohne dass ich in den *Nice-Jewish-Sons-Charts* ins Bodenlose stürze?

Es gibt ein Ritual, das seit Menschengedenken gepflegt wird, sobald ich nach vielen Wochen wieder einmal den Fuß in die Wohnung meiner Mutter in Strasbourg setze, kaum dass ich meine Jacke ablege: Wir gehen rüber zur Nachbarin, Madame Jung. Und nicht, weil Madame Jung so nett und eine enge Freundin meiner Mutter wäre. Auch nicht, weil sich das gehört, wie meine Mutter vorgibt, oder weil Madame Jung immer so hilfsbereit wäre, sondern nur aus einem einzigen Grund: Der Sohn ist vom Olymp gestiegen, er ist leibhaftig hier, um seine alte, sieche Mutter zu besuchen!

Das muss alle Welt erfahren und besonders die Jung, die

alte Klatschtante. *Start spreading the news!* Der Knabe hat weder Kosten, Zeit noch Mühe gescheut, hat sich losgerissen von seinen zahllosen Verpflichtungen und ist herbeigeeilt, zum Mütterlein.

Der Knabe ist fünfzig und gibt brav Händchen, wenn man es ihm aufträgt. Ich bin sauer auf mich selbst, mehr als auf meine Mutter, weil ich mich verdammt noch mal nicht dagegen wehre. Ich kusche aus schlechtem Gewissen. Da ist es wieder, das schlechte Gewissen! Woody Allen hat gesagt: Das schlechte Gewissen ist eine jüdische Erfindung. Recht hat er.

Und so sitzen wir in den ausgeleierten Sesseln von Madame Jung, in deren muffigem Salon, den sie nur öffnet, wenn Besuch kommt, weil es sich »nicht lohnt« für sie allein. Der Tee ist dünn, die Kekse aus der Steinzeit.

Ich rede wie ein Wasserfall, das ist das Einzige, was mich erheitert und nicht langweilt. Was ich schreibe, wo ich drehe, welche berühmten Schauspieler ich getroffen habe. Und wenn ich dann sage, vielleicht haben Sie diesen oder jenen Film gesehen, antwortet Madame Jung:

»Ach, ich mache mir nichts aus der Television, es kommt ja nie was Gutes! Und ins *cinéma* gehe ich schon gar nicht. Ich schau die *nouvelles* oder mal Volksmusik, dann mache ich wieder aus. Früher, da gab es Filme mit Fernandel oder Michel Blanc, die waren lustig, aber heute?«

Ich will etwas antworten, meine Mutter signalisiert mir, mich zurückzuhalten. Ich akzeptiere. Es ist müßig, der alten Dame zu widersprechen, und deshalb sage ich nur: »Ja, die Qualität des Fernsehens hat nachgelassen. Keine Frage.«

Nun aber flugs hinüber auf die andere Seite, zu *Monsieur*

et Madame Quelqu'un. Wir klingeln, eine kleine unscheinbare Frau um die dreißig öffnet, Aurelie. Sie begrüßt zuerst meine Mutter ausgesprochen herzlich mit zwei Wangenküssen, danach mich. Von hinten naht Thierry. Ein wirklich gutaussehender, mittelgroßer Mittdreißiger. Man zeigt mir die Wohnung, die tatsächlich geschickt umgebaut und geschmackvoll eingerichtet wurde. Ein wenig habe ich das Gefühl, ich befände mich im Schaufenster eines italienischen Ausstattungsladens inklusive offener Boffi-Küche.

»Nu sag schon«, fragt meine Mutter, »habe ich dir zu viel erzählt?«

»Nein«, antworte ich brav und schwärme meinerseits. Wir sprechen französisch wegen Aurelie, Thierry als Elsässer spricht deutsch. Seine Frau stamme aus Paris, erklärt er. Das habe sie sich gedacht, meint meine Mutter, diese Eleganz! *Et le goût!*

»Und, wie ist es bei euch mit Kindern«, fragt meine Mutter indiskret.

»Sicher werden wir eines Tages Kinder haben«, sagt Thierry.

Aurelie legt ihre Hand auf die Hand ihres Gatten. Beide lächeln sich an. Das ist der Moment, ein wenig von mir zu erzählen. Die beiden sind fasziniert: *scénariste, producteur, metteur en scène, quelle vie!*

Nach einer Stunde ist alles gesagt, sind alle Drinks getrunken, alle Erdnüsse und Chips vertilgt, wir können gehen. Thierry und ich tauschen unsere Telefonnummern aus, man kann ja nie wissen.

Er verspricht, ein wenig auf meine Mutter zu achten, sich zu kümmern. Sie sei ja eine so freundliche, unterhaltsame

Dame, *super géniale*! Ja, hier bei dir, denke ich, bedanke mich, wir umarmen uns.

Zwei Monate später bekommt unsere beginnende Freundschaft einen veritablen Knacks. Und wer ist schuld?

Meine Mutter!

Was war passiert?

Irgendwann haben sich Mamas neue Nachbarn entschlossen, ein Einweihungsdinner zu veranstalten. Hierzu laden sie ihre Familien, ihre besten Freunde, aber auch Menschen aus dem Haus ein, darunter meine Mutter. Aufgeregt ruft sie mich an: »Stell dir vor, sie geben ein Essen für mich! *Tout Strasbourg* wird da sein. Und auch der Moresca! Nicht zu glauben.«

»Wer ist Moresca?«

»Wer Moresca ist? Professor Moresca! Der Chef von der Uniklinik. DER Internist. Thierry hat gesagt, er wird mich neben ihm platzieren, damit ich mit ihm über meine Krankheit reden kann.«

Ich freue mich für meine Mutter, das wird ihr Auftrieb geben. Für Moresca wird der Abend sicher nicht so prickelnd.

Schnitt. Einige Sonntage später komme ich auf das Dinner zu sprechen. Meine Mutter ist ziemlich kurz angebunden für ihre Verhältnisse.

»Du hast mir nie erzählt, wie es war.«

»Freg nich!«

»Wieso? Konntest du mit diesem Professor über deine Krankheiten reden oder nicht?«, frage ich.

»Ach was«, sagt sie, »der Moresca ist doch *a miesnik*. Ein

arroganter *goj* ist das. Er hat mich behandelt wie Dreck, hat er mich behandelt.«

»Was hat er gesagt? Er muss doch was gesagt haben.«

»Was er gesagt hat? Nix hat er gesagt. Es hat ihn nicht interessiert. Madame, hat er gemeint, Arzt bin ich von acht bis sieben. Jetzt bin ich Privatmann.«

»Aber Thierry hat doch gesagt –«

»Thierry-*Schmierry*! Das ist doch ein Schwätzer. Ein bornierter, mieser Elsässer, ein *rischeskopp*, so wie sie alle sind. Und sie ist doch *jenne klafte*, ist sie doch.«

Ich bin erstaunt.

»Wie war das Essen?«, frage ich weiter. »War das wenigstens okay?«

»Was weiß ich? Keine Ahnung. Ich bin gegangen. Ich brauch den Fraß? Was ich schon esse.«

»Du bist gegangen?«

»Ja. Gott soll mich *abhüten*! Ich habe das nötig, unter diesen Leuten? *Gojim naches*.«

Es lässt mir keine Ruhe. Wie kann in so kurzer Zeit aus einem Traumpaar wie Aurelie und Thierry, aus göttergleichen Wunderwesen, aus *quelqu'uns* in den Augen meiner Mutter so etwas wie eine niedere Lebensform werden?

Ich rufe Thierry am nächsten Tag an und erreiche ihn in seiner Fabrik.

»Bonjour, Thierry«, sage ich aufgeräumt, »hier ist Michel. *Ça va?*«

Er spricht mit mir plötzlich Hochfranzösisch, und er siezt mich!

»Monsieur«, sagt er ziemlich schmallippig, »die Affäre mit Ihrer Mutter war ein Desaster, eine Katastrophe!«

Das trifft mich hart.

Er weiter: »Sie hat uns auf die schlimmste Weise kompromittiert. Vor allen unseren verehrten Gästen. Es war unerträglich! Ihre Mutter hat kein Benehmen. Sie ist eine impertinente Person.«

Obwohl Französisch die Sprache ist, in der man sich auf höflichste Weise die größten Unverschämtheiten an den Kopf werfen kann, beginnt mein Herz schneller zu schlagen, ich entwickle plötzlich so etwas wie eine unterschwellige Aggression gegen diesen Menschen. Er kann sagen, was er will, aber meine Mutter zu beleidigen, das lasse ich nicht zu.

»Mäßigen Sie sich, Monsieur«, sage ich noch angemessen ruhig und stilvoll zu ihm, aber er ist nicht mehr zu bremsen.

»Stellen Sie sich vor«, sagt er, »Ihre Mutter brachte doch tatsächlich ihre Krankenakte mit und diverse Röntgenaufnahmen.«

»Ja«, falle ich ihm ins Wort, »das ist vielleicht etwas ungeschickt, aber schließlich hatten Sie ihr in Aussicht gestellt, dass sie mit dem Professor über ihre Krankheit sprechen könne. Sie haben meine Mutter aus diesem Grunde sogar zu seiner Tischdame gemacht, wenn ich mich recht erinnere.«

»In der Tat. Das ist richtig, aber Ihre Mutter erschien im Morgenrock zu unserem *dîner*, Monsieur, im Morgenrock!«

Meine Mutter im Morgenrock zum Dinner? Ich bin geschockt.

Thierry weiter: »Sie bestand darauf, mit *monsieur le professeur* in unser Schlafzimmer zu gehen, damit er sie untersuchen könnte. Ich bitte Sie! Alle waren extrem echauffiert, das können Sie mir glauben, und der Professor war außer sich. Das Verhalten Ihrer Mutter war unverzeihlich.«

Ich bekomme mich wieder in den Griff.

»Hören Sie«, sage ich, »das ist doch eher komisch als dramatisch, was Sie mir hier erzählen. Meine Mutter ist durchaus höflich und weiß, was sich gehört. Vermutlich hat sie das Angebot, mit dem Professor über ihre Krankheit sprechen zu dürfen, welches, mit Verlaub, von Ihnen kam, so verstanden, als wolle der Professor ihr eine Privatkonsultation gewähren. Meine Mutter ist Mitte achtzig, da kann man leicht etwas missverstehen.«

»Es ehrt Sie, dass Sie Ihre Frau Mutter verteidigen, aber besser wäre es gewesen, Sie hätten sich für ihr unangemessenes Benehmen entschuldigt.«

»Sie sagten doch gerade, das Verhalten meiner *Maman* sei unverzeihlich.«

»Verzichten Sie bitte auf diese Spitzfindigkeiten, Monsieur Bergmann. Ihre Mutter hat durch ihr ungebührliches Verhalten dazu beigetragen, dass meine Gemahlin aufgrund ihrer Sensibilität während des Essens kurzatmig wurde und einen Nervenzusammenbruch bekam.«

»Das ist bedauerlich«, sage ich, »aber es war ja ein Arzt zugegen. Oder hat er bei Ihrer Frau ebenfalls seine Hilfe abgelehnt?«

»Monsieur! Also, das ist doch …«

Ich lege auf. Ich lehne mich zurück, atme tief durch. Was für eine Geschichte! Meine Mutter ist aber auch schrecklich. Ich muss lachen. Ich liebe sie.

À la morgue!

Es ist der 2. Dezember 2001. Ich bin allein in der Provence. Ich bin gekommen, um das Haus winterfest zu machen. Wie immer sonntags telefoniere ich am Vormittag mit meiner Mutter. Dass sie in der letzten Zeit extrem zittrig geworden ist, macht ihr Sorgen. Sie kommt nicht mehr gut mit ihrem Stoma zurecht. Vor ein paar Tagen ist ihr der volle Beutel im Badezimmer entglitten.

»Die ganze Sauerei auf dem Boden, stell dir vor!«

»Du brauchst jemanden«, sage ich.

»Es kommt mir niemand ins Haus«, sagt sie, »eher bringe ich mich um.«

Das hatten wir schon, denke ich. Diese fruchtlose Debatte gibt es schon lange. Ich plädiere seit Monaten dafür, dass sie zur jüdischen Gemeinde geht und sich nach einer Pflegerin erkundigt, die auch die Hausarbeit erledigt. Oder vice versa: eine Haushälterin, die auch pflegen kann.

»Nein«, sagt sie jedes Mal, »mich wird keiner anfassen. Und fürs Saubermachen habe ich Marliese.«

»Ich rede nicht vom Putzen. Ich rede vom Kochen, vom Einkaufen, von der täglichen Hausarbeit und davon, dass dir jemand hilft.«

Ich gestehe, dass ich es halbherzig sage, weil ich bereits ihre Antwort kenne:

»Ich brauche keine Hilfe! Ende der Diskussion!«

Damit kommt sie zum eigentlichen Thema, das sie umtreibt, dem Euro. Sie hat panische Angst vor seiner Einführung in einem Monat.

»Für euch ist es einfach umzurechnen, aber hier? Ihr teilt durch zwei, und das war's. Hier muss man es durch sechs Komma sechs und was weiß ich teilen, wer kann das? Bin ich Einstein?«

Ich lache.

»Hör zu«, sage ich, »mach es dir nicht so schwer. Rechne die Francs um in D-Mark wie immer, und teil dann durch zwei. Fertig.«

»Du hast gut reden«, sagt sie, »ich werde sechsundachtzig.« Und nach einer kurzen Pause: »Ich habe keine Lust mehr. Ich habe so genug.«

Ich versuche sie aufzumuntern. Ich verspreche ihr, sie auf meiner Rückreise zu besuchen.

»Das ist nicht nötig«, sagt sie.

»Willst du nicht, dass wir uns sehen?«

»Doch. Ich freue mich, wenn du kommst. Mach's gut.«

»Du auch.«

Es ist kurz nach Mitternacht als das Telefon klingelt.

»Hier ist Capitaine Becker, Gendarmerie Strasbourg, Monsieur Bergmann, Michel?«

»Ja.«

»Sie sind der Sohn von Madame Bernard, Charlotte?«

»Ja.«

»Wir haben keine gute Nachricht. Ihre Mutter ist verstorben.«

»Wie? Wo?« Ich bin verwirrt.

»Sie ist aus dem Fenster ihres Schlafzimmers gestürzt, auf den Hof.«

»Wie gestürzt? Ein Unfall?«

»Nein, Monsieur, wir vermuten, es war Selbstmord.«

»Selbstmord? Wie kommen Sie darauf?«

»Können Sie bis morgen Mittag hier sein, in Strasbourg?«

»Morgen? Mittag?«

»Bis zwölf. Sie müssen sie identifizieren.«

Er gibt mir seine Adresse und wünscht mir eine gute Nacht.

Wie in Trance gehe ich zu dem kleinen Tisch in der Ecke, wo einige Schnapsflaschen stehen. Ich nehme den Bourbon, trinke eine halbe Flasche aus. Ich, der ich nie Schnaps trinke! Ich ziehe mich an und verlasse das Haus. Ich starte den Wagen und fahre in die Nacht.

Wenn ich an diese Nacht zurückdenke, dann kann ich mich nicht an die Fahrt nach Strasbourg erinnern. Nicht an die leere Autobahn, die Mautstellen, die verwaisten Raststätten, nicht an die Berge der Haute-Provence, nicht an die Alpen des Wallis, nicht an den Genfersee, nicht an das Elsass. Aber ich erinnere mich, dass es eine Fahrt durch mein Leben war. Durch ein Labyrinth der verpassten Gelegenheiten, durch einen Wald des Ungesagten. Hin- und hergeschüttelt von einem schlechten Gewissen, von Selbstvorwürfen und gleichzeitiger Wut. Und vor der Angst, was meine Augen in wenigen Stunden zu sehen bekommen.

Das große Bürogebäude ist ein klassizistisches Haus aus hellem Stein im typischen Stil Napoleon III. Irgendwann ist es innen auf die geschmackloseste Weise modernisiert worden mit Laminatböden, mit Resopal und halbhohen Leichtbauwänden, hinter denen noch Säulenkapitelle und Stuck zu erkennen sind, während davor alles funktional wurde. Ein Beamter am Empfang hat mich bei Capitaine Becker angemeldet, und der hat mir mitteilen lassen, ich möge einen Moment warten.

Einen Moment!

Jetzt sitze ich schon fast eine halbe Stunde übernächtigt auf diesem harten Stuhl, in dieser lieblosen Besucherecke auf diesem kargen Flur, gegenüber einer Yuccapalme in einem viereckigen weißen Plastiktopf aus Holzimitat mit braunen Kügelchen, die aussehen wie Lillys Trockenfutter. Ich kenne inzwischen jedes der idiotischen Plakate an den Wänden auswendig. Es wird vor Taschendieben gewarnt, vor Schneeschäden und vor der Tollwut. Die Polizeigewerkschaft ruft zu einer Kundgebung auf. Die ist bereits zwei Wochen her.

Capitaine Becker lässt sich nicht blicken. Meine Mutter ist gestorben. Ein pietätvollerer Umgang mit einem Trauernden wäre angemessen. Endlich dann. Ein massiger Mensch in Uniform kommt behäbig den Flur entlang.

»Monsieur Bergmann?« Er gibt mir die Hand. Wir gehen los.

In seinem dunklen Büro, das nur zwei kleine Fenster knapp unter der Zimmerdecke hat, setze ich mich ihm gegenüber vor den Schreibtisch. Lediglich ein durchsichtiger Plastikbeutel liegt vor dem Beamten, dem er nun einen Schlüsselbund entnimmt. Der Wohnungsschlüssel meiner Mutter. Dann schüttelt er einen Ring und ein dünnes goldenes Halskettchen mit einem Davidstern aus der Tüte auf den Schreibtisch. Ich nehme den Ring, sehe ihn kurz an. Ich kenne ihn gut. Platin mit zwei kleinen versenkten Brillanten.

Der Gendarm berichtet mir kurz und amtlich, von wem und wann die Kollegen zum Parkplatz des Hauses gerufen worden waren und wie sie Madame vorgefunden hatten. Sie lag vor einem Garagentor. In einem roséfarbenen Hausmantel. Eine Dame aus der ersten Etage wollte in ihre Garage, als sie im Licht ihres Scheinwerfers plötzlich die Frau hat liegen sehen. Becker bittet mich, den Empfang des Schmucks und des Hausschlüssels zu bestätigen, und ich unterschreibe ein Formular.

Leider, meint der Capitaine, sei es ihm nicht möglich, mich zur Gerichtsmedizin zu begleiten. Der Mitarbeiter dort wird die Identifikation beglaubigen, reine Formsache. Aber die Administration, leider, so sei das eben. Müsse alles seine Ordnung haben.

Draußen auf dem Bürgersteig, vor der großen Tür des Hauses, beschreibt mir der Gendarm noch den kurzen Weg zur Morgue, dann überlässt er mich meinem Schicksal. Ich gehe los.

Wie kann es sein, denke ich, dass all die Menschen hier so eilig, so geschäftig und so zielstrebig durch die Straßen laufen, während meine Mutter nicht mehr am Leben ist?

Das Institutsgebäude ist im Stil der Dreißigerjahre erbaut, schmutziggelb, mit rechteckigen Sprossenfenstern, einem umlaufenden Sims und abgerundeten Ecken. Es könnte auch im Maghreb stehen.

Ich betrete die kühle Halle, ein Pförtner fragt nach meinem Wunsch. Ich erkläre ihm, warum ich hier bin, und der Mann begleitet mich ein Stück bis zu einer Kellertreppe. Er nennt mir einen Namen, beschreibt mir den Weg in die Unterwelt. Hier riecht es nach Verwesung. Ich klopfe an eine Tür und öffne sie gleichzeitig. In einem winzigen Büro steht ein kräftiger junger Mann im weißen Kittel mit einem freundlichen, offenen Gesicht.

»Monsieur Lionel?«, frage ich.

»Bonjour, Monsieur«, sagt der Mann mit überraschend sanfter Stimme, *»j'ai déjà préparé votre mère.«*

Préparé, denke ich, er hat meine Mutter bereits präpariert!

Wir betreten den nächsten Raum. An einer Wand befinden sich vier eingelassene, quadratische Kühlschranktüren, und die untere rechts steht offen. Davor eine Bahre auf Rollen und darauf ein Körper, mit einem weißen Tuch abgedeckt. Monsieur Lionel zieht behutsam das Tuch über dem Gesicht und den Schultern fort und legt es auf die Brust. Ich sehe meine tote Mutter!

»C'est bien votre maman?«, fragt der Mann. Ich muss schlucken und nicke. Der Mann hält mir ein Formular und einen Kugelschreiber unter die Nase, und ich unterschreibe, ohne zu lesen, was dort geschrieben steht.

»Ich lasse Sie jetzt«, sagt der Mann und geht aus dem Raum. Er schließt die Tür hinter sich. Ich bin allein mit meiner Mutter.

Ich schaue sie an. Ich habe mich vor diesem Moment gefürchtet, aber nun ist alles gar nicht so, wie ich es erwartet habe. Sie sieht zauberhaft aus! Ein friedvolles Lächeln liegt auf ihrem schönen Gesicht, das trotz der Falten etwas Mädchenhaftes hat. Ich hatte aufgrund des Sturzes mit einem monströsen Anblick gerechnet und bin überrascht, dass man nichts davon entdecken kann. Ich beuge mich zu ihr hinunter und küsse sie auf ihre kalte Stirn. An der Wand steht ein weißer Metallhocker auf drei Rollen, und ich ziehe ihn zu mir heran. Ich setze mich neben die Tote und streiche ihr liebevoll über die Wange, über das graue Haar. Ich bemerke die rosafarbenen Träger ihres Büstenhalters auf ihrer zarten Haut. Sie wirkt so sauber, so rein.

»Warum hast du das getan?«, frage ich sie. »War das nötig? Warum musst du mir das Herz so schwer machen? Habe ich nicht schon genug gelitten? Wolltest du mich bestrafen? Habe ich deine Erwartungen nicht erfüllt?« Dann verstumme ich. Ich sitze nur so da, schweigend, und sehe sie an.

Als Monsieur Lionel wieder in den Raum kommt, ist eine halbe Stunde vergangen. Der Mann übergibt mir den beglaubigten Totenschein. »Unnatürlicher Tod« ist darin vermerkt.

»Wann lassen Sie Ihre Mutter abholen?«, möchte Monsieur Lionel wissen und beantwortet sich danach selbst seine Frage. »Sicher noch heute. Bei Ihnen muss es ja schnell gehen.«

»Bei uns?«

»Na, bei den Juden!«

»Sie haben recht. Ich gehe gleich zur Gemeinde und kläre das«, sage ich.

»Bon«, meint er, »sie läuft ja nicht weg.«

Diesen Witz macht er sicher täglich.

Was bleibt?

Ich parke den Wagen in der schmalen Seitenstraße neben dem Wohnblock und gehe wenige Schritte zurück, einen kurzen asphaltierten Anstieg hoch, an der automatischen Schranke vorbei und stehe jetzt im Innenhof. Hier neben dem Abgang in den Keller muss sie gelegen haben. Eine flüchtig hingestrichelte Kreidezeichnung ist auf dem Betonfundament zu erkennen. Der Umriss meiner toten Mutter! Dahinter ein verschlossenes Garagentor. Ich schaue nach oben zum vierten Stock. Das Schlafzimmerfenster hat man geschlossen. Links daneben das Küchenfenster, dann kommt der kleine Balkon. Eher ein Austritt, auf dem sich selten genutzte, ja überflüssige Reinigungsutensilien befinden und der Müllschlucker.

Ich vernehme ein Schimpfen, sehe eine junge Frau im Hidschab, die sich mit einem Kind an der Hand, einem weiteren auf dem Arm und einem Kinderwagen durch den schmalen Hintereingang müht.

Ich laufe hin, um ihr behilflich zu sein, aber sie huscht fast panisch ins Haus und knallt mir die Tür vor der Nase zu. Ich schließe die Tür auf, gehe eine halbe Treppe hoch und sehe die Frau vor dem Fahrstuhl wieder. Ich grüße sie, sie übersieht mich bewusst und betritt mit ihren Kindern den Lift. Die Milchglastür schließt sich. Das Neonlicht dahinter gleitet nach oben, und es bleibt ein dunkles Rechteck zurück.

Jetzt stehe ich vor der Wohnungstür. Rechts an der Zarge die große *mesusa*. Eigentlich merkwürdig, denke ich, wo meine Mutter im Gegensatz zu früher in den letzten Jahren tunlichst vermeiden wollte, dass man weiß, dass sie Jüdin ist. Der wieder erstarkende Antisemitismus machte ihr große Angst.

Ich schließe die Tür auf. Diesmal ist alles anders. Ich komme nicht aus der Stadt oder vom Einkaufen, und sie ist nicht in der Küche oder sitzt vor dem Fernseher. Sie ist tot, und sie wird diesen Ort niemals mehr betreten.

Ich nehme den typischen Geruch wahr, ziehe meine Jacke nicht aus und gehe in den Salon. In der breiten Öffnung zwischen Wohn- und Speisezimmer steht ihr Fernsehsessel. Davor auf dem Teppich die grüne Plaid-Decke, die sie abends stets über ihre Knie legte. Das hier ist allerdings ungewöhnlich. Meine Mutter war eine Ordnungsfanatikerin. Die Wohnung machte stets einen eher unbewohnten Eindruck. Sie hatte einen Putzfimmel.

Es wurde jeden Tage Staub gewischt, und bevor die Putzfrau Marliese einmal wöchentlich auftauchte, wurde vorab ein regelrechter Hausputz veranstaltet. So kam es, dass Marliese oft nichts zu tun hatte und man in der Küche saß und Kaffee trank. Meine Mutter war süchtig nach Kaffee.

Der Fernseher lief, hat mir der Gendarm gesagt. Er hat ihn ausgeschaltet. »Ach ja«, sagte er noch, »ich habe selten so eine saubere Wohnung gesehen!«

Wenn er wüsste, dass sich meine Mutter früher dreimal am Tag umgezogen hat!

Ich gehe hinüber zum Schlafzimmer.

Als ich die Tür öffne, bemerke ich sie sofort: die metallene hellgrüne Trittleiter! Sie steht vor dem geschlossenen Fenster. Die Tüllgardine ist zur Seite gezogen. Ich gehe mit schwerem Herzen zum Fenster, öffne es. Ich schaue hinunter in den Innenhof, wo die Stellplätze der Autos markiert sind. Das also war ihr letzter Blick. Ich versuche, diesen Augenblick zu rekonstruieren. Ich bin davon überzeugt, dass es eine spontane, nicht geplante Handlung war. Es läuft etwas im Fernsehen, was sie aufwühlt, ganz sicher. Sie springt auf. Ansonsten hätte sie die Plaid-Decke wie immer ordentlich gefaltet und auf die Sessellehne gelegt. Sie rennt ins Schlafzimmer, zerrt die Leiter aus der Ecke zwischen Kleiderschrank und Wand, wo auch der Wäscheständer zusammengefaltet steht.

Sie geht zum Fenster, öffnet es, schiebt die Leiter ran, steigt hoch, setzt sich auf das Fensterbrett, muss noch ein niedriges, typisch französisches Sicherheitsgeländer aus Metall überwinden und stürzt sich hinunter. Wenige Sekunden später ist sie tot. Oder nicht? Hat sie noch gelebt? Ist sie auf dem Asphalt einen qualvollen Tod gestorben? Ich will nicht daran denken.

Der kleine, korpulente Herr Singer von der jüdischen Gemeinde ist hilfsbereit und pietätvoll.

»Ja, Ihre *maman* war eine besondere Frau. Sehr stilvoll, immer elegant. Edel, würde ich fast sagen wollen, oder?«

Wir sitzen uns in seinem dunklen Büro an seinem Schreibtisch gegenüber. Darauf diverse Formulare, die es auszufüllen gilt. In einer Ecke stapeln sich *siddurim,* Gebetbücher.

»Die leidige Administration, Monsieur, *désolé*.«

Singer bereitet eine Traueranzeige vor, sowohl für die Tageszeitung *Dernières Nouvelles d'Alsace*, um den Beerdigungstermin zu publizieren, als auch fürs Gemeindeblättchen. Wir vereinbaren übermorgen, elf Uhr.

Ich mache eine Spende. Während er mir eine Quittung ausstellt, empfiehlt er mir das neue Restaurant seines Sohnes in der Nähe des Bahnhofs.

»Nicht koscher, aber *comme il faut*.«

Ich bedanke mich bei ihm für den Tipp.

Er begleitet mich an die Tür.

»Um die *lewaje* kümmere ich mich, machen Sie sich nichts zu tun«, sagt er, »Sie haben jetzt andere Sorgen.«

»Danke.«

»Wir werden den Suizid nicht erwähnen«, sagt er dann plötzlich ernst und gefasst, »ich hoffe, das ist in Ihrem Sinn. Denn dann dürfte sie nicht zu Ihrem Stiefvater ins Doppelgrab.«

Ich nicke wissend, dass ein Selbstmord auch im jüdischen Glauben tabu ist, denn dein Körper gehört nicht dir, sondern Gott. So bedanke ich mich bei Herrn Singer für seine Sensibilität und erhebe mich. Er folgt mir zur Tür.

»Es heißt *Train de Vie,* nach dem Film.«

»Bitte?«, ich verstehe nicht, was er meint.

»Das Restaurant meines Sohnes. Es heißt *Train de Vie*. Wie gesagt, *impec*!«

Zu Beginn des neuen Jahrtausends ist Strasbourg noch technologisches Ödland. Ich begebe mich mit meinem Laptop über die Grenze nach Kehl, wo es eine Frühform eines Internetcafés gibt. Dort erledige ich meine digitale Korrespondenz, bevor ich in die Wohnung meiner Mutter zurückkehre und bis nach Mitternacht telefonisch Freunde und Verwandte vom Beerdigungstermin in Kenntnis setze. Meine Frau kommt am nächsten Morgen, mein Sohn wird aus L. A. einfliegen. Besonders freue ich mich, dass mein ältester Freund Marian kommen wird. Noch vor Kurzem haben wir uns telefonisch wiedergefunden und darüber verständigt, meine Mutter eventuell im jüdischen Altersheim in Frankfurt probewohnen zu lassen. Einige meiner Cousins aus Paris werden erscheinen. Jean Levy, der als Junge nicht in den Hasenkasten wollte, bittet mich, seiner Mutter Thea nichts von Lottes Tod zu sagen. Sie sei fast neunzig und ziemlich hinfällig. Sie habe Lotte dermaßen liebgehabt, dass sie es wohl nicht verwinden würde. (Thea ist übrigens nur fünf Wochen nach meiner Mutter gestorben.)

Ein Anruf fällt mir besonders schwer. Frau Eisler war die engste Freundin meiner Mutter in Strasbourg, und die Frauen haben sich wöchentlich getroffen, bevor Frau Eisler ein paar Jahr zuvor Witwe wurde und nach Grenoble zu ihrer Tochter zog.

Zum Ärger ihres Gatten hieß sie zwar nach ihrer Heirat nicht mehr Eisler, aber bestand darauf, dass man sie weiterhin so nannte. Frau Eisler ist nicht nur die jüngste Schwester des Komponisten Hanns Eisler, sondern auch wie er bis zuletzt der kommunistischen Ideologie in nicht hinterfragbarer Liebe erlegen. Ein ewiger Streitpunkt mit meiner Mama.

Ich berichte Frau Eisler vom Tod meiner Mutter und gestehe ihr, dass ich nicht nur unglücklich, sondern auch sauer bin. Ich fühle mich von ihr verletzt, verraten, hintergangen, enttäuscht.

»Warum hat sie mir das angetan?«, rutscht es mir heraus. Frau Eisler ist ungehalten.

»Was bildest du dir ein? Was hat das mit dir zu tun? Es ist allein die Sache deiner Mutter. Sie hat es nicht getan, um dir wehzutun, sie hat es für sich gemacht. Es war der letzte selbstbestimmte Schritt, den ein Mensch tun kann. Ich bewundere sie dafür. Glaub mir, ich bin fünfundneunzig, und wenn ich noch krabbeln könnte, würde ich das auch tun!«

Diesen Satz werde ich nie vergessen.

Ich bin müde, aber wo soll ich mich hinlegen? Ich will nicht ins Gästezimmer und ins Bett meiner Mutter schon gar nicht. Es ist so ordentlich gemacht. Die Tagesdecke so akkurat gespannt. So soll es bleiben.

Ich hebe die Plaid-Decke vom Boden auf und lege mich schließlich im Salon auf das viel zu kleine Sofa, wo ich ein paar Stunden unruhig schlafe.

Der nächste Morgen. Ich mache mir einen Kaffee und achte darauf, keine Spuren zu hinterlassen, so als würde meine Mutter jeden Augenblick in die Küche kommen und sagen: »Wie das hier aussieht! Da macht man und tut man und will, dass es sauber ist – und dann kommt der Herr Sohn, und schon sieht es aus wie bei Familie Genendel!«

Ich kann es nicht glauben, dass sie tot ist, dass ich niemals mehr mit ihr sprechen kann, dass sie diese Wohnung nie mehr betreten wird. Ich gehe mit meiner Tasse in der

Hand durch die Zimmer und betrachte die vielen Dinge auf dem Bufett oder in der Vitrine, auf den Beistelltischchen, auf dem Teewagen, die mir so selbstverständlich und vertraut waren und die mir nun so fremd vorkommen, als sähe ich sie zum ersten Mal. Auf unbegreifbare Weise haben sie ihren Sinn verloren. Die beiden großen verzierten Leuchter mit den abgebrochenen Armen, die ich seit Jahren kleben wollte, die bunten Mokkatassen in der Vitrine, der rosafarbene Papagei aus Porzellan, den ich schon seit meiner Kindheit kenne und den ich niemals berührt habe. Die Bilder an den Wänden mit den vergilbten Tapeten. Biblische Motive, Abraham, Jakob und Lea, König David als Kriegsherr. Dazwischen ein Stillleben mit Blumen von Henry Gottselig, einem jüdischen Maler, dem mein Vater einiges aus *rachmunes* abgekauft hat.

Gottselig ist übrigens in Auschwitz geboren. Er starb in Frankfurt. Immerhin blieb ihm das Schicksal erspart, in seiner Geburtsstadt ermordet zu werden.

Es ist ungerecht, dass die Dinge ihren Besitzer überleben. Für uns Zurückbleibende haben die meisten Gegenstände keinen ideellen Wert, und so stehen sie ungeliebt und unbeachtet herum, und es haftet eine Traurigkeit an ihnen. Besonders befällt mich dieses Gefühl bei den Kleidungsstücken, die unnütz und bedeutungslos geworden sind.

Inzwischen ist Marliese eingetroffen, die in den letzten Jahren meiner Mutter viel mehr war als eine gute, treue Putzfrau. Die beiden haben viel Zeit miteinander verbracht, waren einkaufen oder Marliese hat meine Mutter zu Ärzten oder in die Klinik begleitet, wenn wieder eine Bestrahlung anstand. Nachdem wir uns ausgiebig geherzt und gedrückt haben, ist Marliese ins Schlafzimmer gegangen, wo sie sich auf meinen Wunsch Kleider meiner Mutter aussuchen kann, die sie liebevoll in einen großen Koffer meines Stiefvaters packt.

Meine Frau ist eingetroffen und übernimmt sofort die anstehenden praktischen Aufgaben, nachdem sie festgestellt hat, dass ich momentan zu nichts fähig bin und eher störe.

Um die Mittagszeit sitzen wir gemeinsam mit Marliese am großen Esstisch, der in den letzten Jahren so gut wie nie genutzt worden war. Essen fand in der Küche statt, auf einer Wachstuchtischdecke. Auch das gute Geschirr, das meine Frau hervorgeholt hat, war »viel zu schade« und hat sich für uns »nicht gelohnt«, wie meine Mutter immer feststellte. Müßig zu fragen, für wen es denn wert gewesen wäre, es hervorzuholen. Das ist jetzt ein Thema: das Leben aufschieben, sich nichts gönnen, und irgendwann ist es zu spät.

Wir rücken einiges gerade, was Marliese von meiner Mutter in stark subjektiver Form erfahren hat. Unter anderem erzählt meine Frau, wie meine Mutter bereits bei der ersten Begegnung gegenüber meiner Frau bemerkte, dass sie es sich gut überlegen sollte mit mir: »Mein Sohn ist für eine Ehe nicht geschaffen!«, hat sie behauptet. Natürlich ohne jeden Hintergedanken.

Ab und zu klingelt es an der Tür. Einige Nachbarn kommen und kondolieren. Während Madame Jung weint und ehrlich erschüttert ist, heucheln Aurelie und Thierry, die »Quelqu'uns« von gegenüber, Anteilnahme und haben leider morgen zur Stunde der Beerdigung just einen wichtigen, unverschiebbaren Termin, *désolé*. Macht nichts, denke ich, auf euch können wir gut verzichten.

Monsieur Schmelzer steht vor der Tür, der Hausmeister. Er ist erschüttert: *»Votre maman, c'est horrible, une si bonne femme! Une personne extraordinaire. Mes condoléances.«*

»A mieser goj«, hätte meine Mutter gesagt, »nur wenn er was will, ist er scheißfreundlich, der Antisemit!«

Ich nehme die Huldigungen des Hausmeisters entgegen und antworte ebenfalls mit ein paar Floskeln. Daraufhin versäumt es der kleine Mann nicht, mir eine Visitenkarte in die Hand zu drücken.

»Falls Sie die Wohnung irgendwann verkaufen wollen. Das ist die Adresse von Monsieur Sokol. Ein Makler. Auch Jude, aber anständig. Bei dem sind Sie in guten Händen.«

Ich bedanke mich für den Tipp, verspreche darüber nachzudenken. Er verbeugt sich stumm, geht zwei Schritte rückwärts, als wäre ich der König von England. Als er am Fahrstuhl steht, hätte ich ihm am liebsten zugerufen: »Wussten Sie eigentlich, dass meine Mutter Sie immer ›die Ratte‹ genannt hat?«

Zwei Tage später wird Makler Sokol unaufgefordert in der Wohnung stehen und sie schätzen wollen.

Am Abend laufen Lucien und Jean ein, zwei meiner Cousins aus Paris. Sie sind sparsam und teilen sich ein Doppelzimmer in der kleinen Pension um die Ecke am Kanal. »Mach dich nur lustig«, würde meine Mutter gesagt haben, »dafür haben sie es zu was gebracht. Und du?«

Es ist fast Mitternacht, als mein Sohn eintrifft. Meine

Frau hat noch eine Kleinigkeit gekocht. Wir sitzen zu dritt noch eine Stunde in der Küche, so wie früher. Mein Sohn ist sehr niedergeschlagen. Er vermisst sein »Omchen«.

A jiddische mame

Zwischen dem *bet-tahara* und der großen Trauerhalle befindet sich ein schmaler Abschiedsraum, in dem die nächsten Angehörigen noch einmal einen letzten Blick auf die Verstorbenen werfen können. Dort stehe ich mit meinem Sohn. Aber der schlichte Sarg meiner Mutter, mit rohen Brettern zusammengenagelt, wie es die Tradition vorsieht, ist bereits verschlossen worden. Wir sind darüber nicht unglücklich. Es ist mir im Gegenteil recht, dass seine tote Großmutter nicht der letzte Anblick sein soll, dessen mein Sohn sich später erinnern wird, wenn er an sie denkt. So verlassen wir den Raum und betreten die große Trauerhalle.

Es sind nur wenige Menschen erschienen, um von meiner Mutter Abschied zu nehmen. Das ist nicht überraschend, wenn man bedenkt, dass sie in den letzten Jahren eher zurückgezogen gelebt hat. Ihre Freundinnen aus dem Kaffeehaus sind da, ebenso ihre Kartenpartie aus früheren Zeiten.

Nachbarn aus dem Haus sind gekommen, auch der Hausmeister und seine matronenhafte Gattin. Der Garagist, ihr Hausarzt Dr. Jakobsohn und daneben zu meiner Überraschung der Filialleiter ihrer Bank, der mir mit feuchten Augen zunickt. Dazu später mehr.

Ich sehe meinen alten Freund Marian neben meinen Cousins sitzen. Ich sehe Herrn Singer, der mir zunickt, neben ihm der *gabbai,* der Vorsteher der Synagoge, und der alte Kantor Herschkowitz. Sie besprechen vermutlich den Ablauf des Gottesdienstes.

Die Tür zum Nebenraum öffnet sich, zwei Synagogendiener schieben den Sarg mit meiner Mutter auf einer Lafette in den Raum vor ein Pult. Der Sarg ist jetzt mit einem schwarzen Samttuch abgedeckt, auf dem ein großer silberner *magèn David,* ein Davidstern, aufgestickt ist. Eine ebenfalls silberfarbene Bordüre mit Fransen reicht fast bis auf den Boden.

Rabbiner Abraham Waldvogel ist erschienen und geht auf die kleine Empore mit dem Pult. Man merkt ihm an, dass alles Routine ist und dass er die Informationen über meine Mutter lediglich aus zweiter Hand kennt.

Es sind vorgefertigte Sätze, in die er nun den Namen meiner Mutter einstreut, je nach Bedarf. Es ist keine Kunst, das Leben von Überlebenden der Schoa als »schwer« zu bezeichnen, ihre Familie als »wunderbar« und das Verhältnis als »liebevoll«.

»Bürde«, »Schicksal«, »Prüfung« und schließlich »Erlösung« sind die Begriffe, die er zum Finale benutzt und mit denen man nichts falsch machen kann. Nach einem Gebet sagen alle *»omejn«.*

Während Kantor Herschkowitz auf die Empore tritt, steht plötzlich Herr Singer hinter uns und legt meinem Sohn und mir väterlich die Hände auf die Schultern. Er beugt sich zu uns hinunter. Ich erwarte, dass er mir für später das Lokal seines Sohnes empfehlen möchte, aber er flüstert nur: »Das ist mein Abschiedsgeschenk für Ihre großartige Mutter und Großmutter.«

Der Kantor beginnt mit leiser, weinerlicher, gefühlsbetonter Stimme *A jiddische mame* zu singen, und ein Stöhnen, Raunen und Schluchzen geht durch den Raum. Es ist dieses einmalige Lied, das die Herzen aller Menschen erweicht, auch die von Nichtjuden. Diese geniale Melodie mit ihren fast sakralen Harmonien, die die Anmutung von der Ewigkeit eines mittelalterlichen Chorals in sich trägt, obwohl sie erst 1925 komponiert und getextet wurde. Diese poetischen, einfachen Worte, die alles beinhalten, was ein Leben ausmacht:

Leben, Tod, Fürsorge, Enttäuschung, Hoffnung, Demut Dank und bedingungslose Liebe. Es gibt kein Lied, das einem die jüdische Seele so nah bringt wie dieses, selbst dann, wenn man die Worte nicht verstehen sollte.

A jiddische mame

Ich will bei ajch a kasche fregen, sugt mir wer es ken
Mit welche tajre vermegen benscht G'tt a mensch?
Men koift dus nischt fir kein geld, dus git men fir gurnich
Un doch as men verliert dos, oj wie viel tränen men vergiesst
A zweiten git men keinem nischt, es helft nischt kein gewein
Oj, wer es hot varleuren, der weiss scheun, wus ich mein:

A jiddische mame,
Es gibt nischt besser euf der welt
A jiddische mame,
Oj wej wie bitter, wenn sie fejlt
Wie schejn in lichtig is in hois, wenn die mame is do
Wie treurig finster wird, wenn G'tt nemmt ihr oif Olam
Haboh.

In wasser in feier wollt sie gelofn far ihr kind
nischt halten ihr tajer, dos is gewiss die greste sind
Oj, wie gliklech un reich is der mensch, wus hot
Azei shejne matune geschenkt fun G'tt,
Nor ein altige jiddische mame,
Oj, mame mein!

Taschentücher werden gezückt, selbst Männer weinen. Auch ich kann mich nicht zurückhalten und drücke dankbar die Hand von Herrn Singer, als die zweiflüglige Tür zu den Gräbern geöffnet wird und die Lafette mit dem Sarg ins Freie geschoben wird, wo die Sonne scheint an diesem kalten Dezembertag.

Die nächsten Angehörigen finden sich ein, um mit langsamen Schritten hinter dem betenden Rabbiner dem Sarg zu folgen. Hinter mir erkenne ich im Augenwinkel Dr. Jakobsohn, ihren Hausarzt. Ich verlangsame mein Tempo, um ihn aufrücken zu lassen. Wir schütteln uns stumm die Hand. Dann frage ich ihn leise:

»Doktor, es gibt etwas, das mir keine Ruhe lässt. Hat meine Mutter nach dem Aufprall noch gelebt? Hatte sie Schmerzen? Wann und wie ist sie letztlich gestorben?«

Der Arzt sieht mich an, und bereits in seinem Blick erkenne ich etwas Beruhigendes. »Sie müssen sich keine solchen Gedanken machen. Bei einer Person im Alter Ihrer Mutter und bei ihrer schwachen Konstitution tritt bereits während des Falls aus dieser Höhe Bewusstlosigkeit ein, durch die enormen Fliehkräfte, die auf das Gehirn einwirken.

Als Ihre *Maman* auf dem Boden ankam, war sie ohne Bewusstsein. Sie fiel hart auf den Rücken, sodass der Hinterkopf aufschlug und sie sofort tot war. Glauben Sie mir. Ich habe ein Fax des *Certificat de décès,* des Totenscheins, bekommen.«

Ich bedanke mich beim Doktor und gehe rasch wieder ein paar Schritte weiter nach vorn, zwischen meinen Sohn und meine Frau.

Am offenen Grab meiner Mutter reicht mir der Rabbiner einen Zettel mit dem *Kaddisch*-Gebet. Ich nehme ihn, obwohl ich es auswendig aufsagen kann, leider. Ich habe es mit elf am Grab meines Vaters gesagt und an Onkel Davids Grab, drei Stunden nach der Geburt meines Sohnes. Vor nunmehr achtzehn Jahren an diesem Grab, als wir Baruch in die Erde herabließen, und nun für meine Mutter, die ich so sehr geliebt und so sehr missverstanden habe. Während die Trauergäste stumm, nach und nach, ein jeder eine Schaufel mit Erde auf den Sarg schippen, jedes Mal von einem schrecklichen, dumpfen Ton begleitet, werfe ich einen letzten Blick auf den Kasten aus hellem, rohem Holz, der langsam unter der schwarzen Erde verschwindet. Darin liegt also meine kleine Mama. So lange, bis der Messias kommt, um sie zu sich nach Jerusalem zu rufen.

An jenem fernen Tag, an dem alle Juden auf der Welt ein einziges Mal ohne Sünde sein werden. Wir wissen insgeheim, dass dieser Tag niemals kommen wird.

Monsieur Renard

Das Restaurant, in dem ich einen Tisch für zehn Personen reserviert habe, ist ein Landgasthaus im Tudor-Stil. Eine ehemalige Mühle an einem der zahlreichen Kanäle gelegen, die die Stadt Strasbourg durchziehen. Als wir die Gaststube betreten, sind wir zwölf Personen, und so müssen alle ein wenig zusammenrücken. Herr Singer hat es sich nicht nehmen lassen, uns zu begleiten, obwohl ich das Lokal seines Sohnes ignoriert habe.

Mit von der Partie ist überraschenderweise auch ein Mann mittleren Alters mit gepflegtem Schnauzbart, sportlich, braun gebrannt, der ohne Aufforderung wie selbstverständlich am Essen teilnehmen wird. Es ist Monsieur Renard, der Filialleiter der Banque d'Alsace, bei der meine Mutter in den letzten zwanzig Jahren ihre Konten hatte, und der sie immer aufopferungsvoll betreute und beriet.

Egal wann meine Mutter die Filiale betrat und nach Monsieur Renard fragte, er hatte immer Zeit für sie und verließ sogar Besprechungen, um sie mit Küsschen zu begrüßen und mit ihr zu plaudern.

Wenn ich hin und wieder dabei war, ließ er es sich nicht nehmen, uns in sein Büro mit den altmodischen Möbeln zu bitten und uns dort mit Kaffee und Keksen zu verwöhnen. Ein Privileg, das meine Mutter sichtlich genossen hat.

Ich musste dann aus der weiten Welt des Films berichten, und er hörte mit großen, erstaunten Augen zu. Als wir vor ein paar Jahren kurzfristig einen Kredit für unser Haus im Süden benötigten, war Renard zur Stelle und half ohne zu zögern unbürokratisch aus.

Nun sitzt mir der Banker mit einem Mal an dem langen Tisch gegenüber und ist erschütterter als alle anderen in der Runde. Er beschreibt mir meine eigene Mutter auf eine Weise, als würde ich sie nicht gekannt haben. Dazu kommt eine gnadenlose und schier unerträgliche Liebe zu den Juden und zu allem, was mit dem Judentum zu tun hat. Renard bedauert zutiefst, dass er persönlich nicht jüdisch ist, und hat des Öfteren in der Vergangenheit eine Konversion seinerseits ins Auge gefasst. Nur seine Gattin, mit der es ja nicht mehr so gut läuft, sei fromm katholisch und wegen der beiden Kinder dagegen. Aber was nicht ist, könne ja noch werden.

Er habe, *top secret,* eine Geliebte und werde sich in absehbarer Zeit von seiner Familie lösen. All das habe er auch immer wieder mit meiner einmaligen Frau Maman besprochen, die er heute so schmerzhaft vermisst, die nie um einen mütterlichen Rat verlegen und ihm eine große Stütze war.

Dabei kann dieser merkwürdige Mensch seine Tränen nicht zurückhalten. Seine großen, braunen, unschuldigen Kinderaugen füllen sich mit Wasser, der Schnauzbart vibriert, die Mundwinkel zucken. Ich bin sicher, die Bedienung hält ihn für den trauernden Sohn!

Einige Stunden später, draußen auf dem Parkplatz, legt er mir plötzlich konspirativ seinen Arm um die Schulter und bedeutet mir, in den nächsten Tagen in seine Filiale zu kommen, um die Finanzen meiner Mutter zu regeln. Ich sage, dass ich auf den Erbschein warte, und er wird noch kryptischer. Er zieht demonstrativ mit dem Finger die Haut unter seinem Auge nach unten und flüstert: »Michel, wo leben Sie? Sie haben eine Vollmacht. Wollen Sie warten, bis die Steuer kommt?«

Es ist Sommer geworden. Wir haben die Wohnung meiner Mutter aufgelöst. Meine Frau brettert mit dem LKW bereits Richtung Süden, während ich noch geblieben bin, um die letzten bürokratischen Formalitäten zu erledigen. So betrete ich die Bankfiliale, um das Schließfach meiner Mutter zu leeren und zu kündigen. Hier lagern ein paar Goldmünzen, etwas Schmuck, Dokumente und Aktienpapiere, die schon lange verkauft wurden oder ihre Gültigkeit schon vor Jahren verloren haben. Aus der Zeit, als man noch Coupons geschnitten hat.

Ich werde wehmütig, zugegeben, denn ich muss an meine Mutter denken und daran, wie oft sie hierher gegangen ist, am Ende an ihrem Stock, die Marmortreppe hinunter in diesen Keller, nur um nachzusehen, ob alles noch an seinem Platz ist.

Jetzt stehe ich am Kundenschalter und frage nach Monsieur Renard, und plötzlich ändert sich die Stimmung schlagartig. Der junge Mann hinter dem Tresen wirkt unsicher, schaut etwas hilflos nach hinten, die anderen Mitarbeiterinnen sehen sich an wie paralysiert, und eine von ihnen bittet mich, einen Augenblick zu warten, um anschließend wegzuhuschen. Nach zwei Minuten erscheint eine forsche Frau im Hosenanzug, ganz Businesswoman, und bittet mich nach hinten. Sie stellt sich als Madame Chauvet vor, die neue Filialleiterin, die Nachfolgerin von Monsieur Renard.

Wir betreten dessen ehemaliges Büro. Alles hat sich radikal verändert. Moderne, funktionale Möbel, kein Hauch mehr von Kaffeeklatsch.

»Monsieur Renard ist nicht mehr ›mit‹ uns«, sagt sie und bietet mir einen Stuhl an. Während ich mich setze, höre ich sie sagen: »Er ist leider verstorben, ganz plötzlich!«

Ich bin ehrlich geschockt.

»Er war doch noch jung, keine fünfzig, oder?«

»Ja.«

»War er denn krank?«

»Nein, Monsieur, er hat sich umgebracht. Selbstmord! Erhängt.«

Mir fehlen die Worte.

»Bon«, sagt sie, »ich will Ihnen die Wahrheit nicht vorenthalten, aber bitte sprechen Sie nicht darüber.«

Ich schüttle stumm den Kopf.

»Es ist bei ihm zu, wie sagt man bei Ihnen, zu ›Unregelmäßigkeiten‹ gekommen. Er hat offenbar Kundengelder unterschlagen. Die Untersuchungen laufen noch.«

Der nächste Schlag!

»Ist meine Mutter auch betroffen?«, will ich wissen.

»Wie gesagt, die Untersuchungen laufen noch. Aber falls das der Fall sein sollte, werden Sie von uns hören.«

Das ist nun über zwanzig Jahre her, und es ist nicht überraschend, dass die Bank sich nie gemeldet hat. Zwischendurch, auf eine telefonische Nachfrage meinerseits, teilt mir

Madame Chauvet mit, dass einige fragwürdige Transaktionen nicht mehr nachzuverfolgen seien, vor allem nicht bei Barabhebungen nach Aktienverkäufen, *désolé.* Sie schlägt mir vor, in absehbarer Zeit noch einmal anzurufen, wenn der interne Klärungsprozess abgeschlossen sein würde. Als ich einige Jahre später – mehr aus sportlichen Motiven denn in gerechtfertigter Hoffnung – bei der Bank anrufe, arbeitet Madame Chauvet nicht mehr in dieser Filiale. Was den Vorgang Renard anbetrifft, so könne man mir keine Auskünfte mehr erteilen. Auch eine Nachfrage bei der Zentrale bringt kein Licht ins Dunkel. Ich gebe auf. Monsieur Renard hat gewonnen.

Renard heißt auf Deutsch Fuchs.

Verlebt

Es ist einer der seltenen Augenblicke, in denen sie sich gegenüber ehrlich ist und es auch äußert.

Ich besuche sie über die Neujahrstage, drei Wochen nach Baruchs Tod. Ich mag nicht im Gästezimmer liegen, in dem Bett, in dem er gestorben ist. So liegen wir nebeneinander in den Ehebetten, meine Mutter und ich. Wir versuchen einzuschlafen, aber es gelingt nicht. Sie macht Licht. Wir reden. Über das Leben und was wir damit machen und es mit uns. Ich zitiere Adorno und dass es kein richtiges Leben im falschen gibt. Zum ersten Mal sagt sie nicht *»deine chochmes«* wie sonst üblich, womit sie mich als naseweisen Besserwisser hinstellt. Nein, sie sagt: »Du hast recht. Ich habe mich verlaufen, nein verlebt!« Damit kann ich sie nicht alleinlassen, daher sage ich: »Ja, das mag sein, dass du Fehler gemacht hast und falsche Entscheidungen getroffen hast, aber in diesen Momenten warst du davon überzeugt, das Richtige zu tun, oder?«

»Nein. Du willst mich trösten, das ist lieb von dir, aber ich wusste auch in diesen Augenblicken, dass es falsch war. Ich habe die meisten Dinge in meinem Leben getan, ohne auf meine innere Stimme zu hören. Ich habe immer geglaubt, einfach funktionieren zu müssen, verstehst du? Für dich, für alle anderen. Aber nie für mich. Ich hatte immer das Gefühl, dass man das von mir fordern würde, aber so war es nicht. Das ist allein meine Schuld.«

Ich bin verblüfft. So kenne ich meine Mutter nicht. Dermaßen selbstreflektiert. Ansonsten wird ihre Innenansicht stets überlagert von nebulösen Schuldzuweisungen, von Krankheiten, Schicksalsschlägen und vor allem von Ungerechtigkeiten, die nie ihren Ursprung in ihrem eigenen Verhalten haben. Ihr wird stets von anderen übel mitgespielt. Sie selbst ist niemals der Auslöser einer Kränkung oder gar einer Krise. Ich habe vorher so gut wie nie von ihr Sätze gehört wie: Das war ein Fehler, das hätte ich nicht tun oder sagen sollen. Mit sich selbst ist sie immer nachgiebig. Und spannt sie den Bogen tatsächlich einmal zu weit, sind es die anderen, die unverhältnismäßig reagieren.

Wenn ich an meine Mutter denke, so sehe ich sie vor mir als alte Frau. Die Erinnerungen an ihre Krankheit, ihre Hinfälligkeit, an ihre letzten Jahre und vor allem an ihren Selbstmord überlagern alles. Sicher, dieses Buch ist der Beweis, dass ich auch an ihre Blütezeit denke, dass ich mich an Episoden erinnere, die humorvoll, großartig und menschlich sind und die viele Jahrzehnte zurückliegen. Und doch drängen sich stets die Bilder vom Ende ihres Lebens dazwischen – von der Metamorphose, die meine Mutter durchlebt, ja durchlitten hat. Ihr Blick auf die Welt und auf sich selbst hat sich verengt, sie ist uneinsichtig geworden, weniger selbstkritisch. Es war so, als würden ihre Gefühle mit dem Alter absterben, als würden ihre Gedanken eindimensional, als würden Empathie und Herzlichkeit schwinden. Als würde sie auf Notstrom laufen, wie ein havariertes

Schiff, bei dem nur noch die systemrelevanten Operationen ausgeführt werden, um das Sinken zu verhindern.

All dies wissend, wäre es doch angezeigt, Mitgefühl und Verständnis für sie zu haben und es zu vermeiden, sie zu verurteilen für all die Bösartigkeiten, Beleidigungen, Erniedrigungen, Missachtungen und Egoismen, mit denen unsere gemeinsamen Tage in den letzten, dürftigen, bleiernen Jahren erfüllt waren. Aber das fällt mir schwer – die Angriffe und Eingriffe, die Übergriffe waren zu schmerzlich. Keine Frage, ich habe ihr schon lange verziehen, natürlich liebe ich sie für das, was sie ist, aber nicht für das, was sie wurde.

In lichten Momenten höre ich sie sagen: »Werde selbst mal so alt, dann wirst du sehen, wie das ist!« Bestimmt hatte sie recht mit dieser Aussage, und ich glaube, dass sich mit dem Älterwerden auch verborgene, unbekannte Gefühle und Haltungen an die Oberfläche arbeiten. Sie sind das Resultat einer sozialen Isolation, ja einer inneren Emigration, der sie nicht entgehen konnte.

Mutters Gefühle und Aussagen sind in der Schlussphase ihres Lebens deckungsgleich geworden. Meine Mutter hat gegen Ende ihres Lebens unverhohlen ausgesprochen, was sie gefühlt hat. Von Rücksichtnahme auf die Befindlichkeit anderer konnte keine Rede mehr sein. Sie hat direkt und ungeschützt gesagt, was sie bewegt, was sie fühlt, wie sie Personen und ihre Haltung einschätzt. Dabei hat sie selbst eine große Empfindlichkeit entwickelt und mit vielen Menschen gebrochen, die ihr nahe waren. Oft wegen Nichtigkeiten, die sie überbewertete. Manchmal, so hatte ich den

Eindruck, war sie dabei mit sich selber im Argen, war erbost darüber, dass sie wohl so sein musste, wie sie wurde.

Immer wieder blitzten Eigenschaften der früheren, der anderen Lotte auf, und es schien, als wäre sie traurig darüber, sie verloren zu haben. Was ist nur mit mir los, sagte sie dann, ich war doch früher nicht so, oder?

Ich frage mich, wie ihr Leben verlaufen wäre, hätte es die Nationalsozialisten nicht gegeben. Sie wäre bestimmt eine gute Kinderärztin geworden, hätte einen anderen Mann geheiratet, wäre vielleicht in eine große Stadt wie München gezogen, das sie mochte. Ich bin davon überzeugt, dass es ein gutes Leben gewesen wäre, das meine Mutter hätte führen können, mit den typischen Hochs und Tiefs. Sie hätte mindestens zwei Kinder bekommen und diese zu aufrechten Menschen erzogen. Mich hätte es nicht gegeben, und wen man nicht kennt, vermisst man nicht. Aber so ist es nicht gekommen. Ihr Glück wurde ihr gestohlen. So wie meiner Mutter ist es Millionen von Menschen gegangen, deren Schicksal durch Hitler, die Deutschen und ihren Krieg radikal verändert wurde, die ein Leben leben mussten, das sie nicht mehr selbst bestimmen konnten.

Und die Ingredienzen dieses neuen Lebens durch Überleben haben nicht nur psychische Schäden verursacht. Sie haben Krankheiten und Todesursachen provoziert und letztlich auch die Gene verändert, die an uns weitergegeben wurden. Bis heute werden die Auswirkungen dieser schweren, lebensbedrohlichen Jahre der Schoah unterschätzt. Wir alle wären andere. Und unsere Kinder ebenfalls. Davon bin ich zutiefst überzeugt.

Epilog

Meine geliebte Ma,

je älter ich werde, desto ähnlicher werde ich Dir. Ich erkenne mich durch Dich. Wenn ich vor dem Spiegel stehe, kann ich Mimik und Bewegung Deines Gesichts perfekt imitieren. Da ich Deine Tricks früh durchschaut habe, kann ich mich ihrer leicht bedienen und sie mir zu eigen machen. Enttäuschung, Wut, Weinerlichkeit, Hochmut, Camouflage. Aber mehr noch stelle ich eine weitere, fatale Gemeinsamkeit fest: die fehlende Fähigkeit, aber auch der Unwille, über sich selbst nachzudenken. Das Leben, so empfinde ich es heute an meinem eigenen Beispiel, war für Dich immer etwas, das Du aufgeschoben hast. Die ersten erwachsenen Jahre Deines Lebens bestanden aus Flucht, Verstecken, Existenzangst, in Deinem Fall Todesangst.

Also aus Zuständen, die ja nicht Leben im landläufigen Sinn bedeuteten, sondern erzwungene Wege sind, hin zu einem Leben, das sich irgendwann eröffnen würde, gleich einem unbekannten Tor, durch das man schließlich schreitet, um im wahren Leben anzukommen.

Und dort würde man ein anderer Mensch sein, ein Mensch, der bereits im Inneren heranwächst, wie ein Schmetterling, der schließlich aus dem Kokon schlüpft. Aber wir sind beide in diesem Kokon geblieben.

Deshalb haben wir uns oft Partner gesucht, die es uns leicht gemacht, die uns nicht gefordert haben. Und wenn sie sich einmal erdreistet hatten, uns infrage zu stellen, haben wir sie mit Missachtung gestraft. Wir haben beide nichts an uns herangelassen – keine Menschen, keine Kritik, kurz, keine Tiefe. Und das, obwohl wir beide mit einem hohen Anteil von Unsicherheit und Selbstzweifel behaftet waren. Oder gerade deshalb?

Im Gegensatz zu Dir hatte ich Glück. Ich habe eine Partnerin gefunden, die nicht lockerließ, die Konflikte herausgefordert hat, um meiner selbst willen. Die erkannte, dass sich der Kampf lohnen würde. *Flüchten oder Standhalten* ist der Titel eines Buches von Horst E. Richter aus den Siebzigern, und diese drei Worte beschrieben exakt meine Alternativen.

Bis dahin war ich stets geflohen, vor der Verantwortung, vor anderen Menschen, aber vor allem vor mir selbst. Standhalten heißt Schmerzen erdulden, um eine Beziehung kämpfen, dir selbst die Maske vom Gesicht reißen: *Ecce homo!*

Und dann den fast unmöglichen Versuch starten, mit dir selbst, diesem neuen und doch altbekannten Menschen umzugehen, ihn zu erkennen und umzuformen, ohne ihn zu verändern, ohne seine wahre Schönheit, Klugheit, Menschlichkeit zu verlieren. All das, meine kleine Mama, war Dir nicht vergönnt. Entweder gab es niemanden, mich eingeschlossen, der Dir hätte den Weg weisen können, oder Du hast jede Hilfe abgelehnt. Als wir in Deinen späten Jahren einmal über eine Psychotherapie sprachen, hast Du so reagiert, wie ich es erwartet hatte: Ich bin doch nicht *meschugge*!

Doch, Du warst es!

All dies erkenne ich erst jetzt, in dem Alter, in dem ich diese Zeilen niederschreibe. Und ich tue dies mit Schmerzen im Herzen, denn mir wird bewusst, wie ungerecht ich Dir gegenüber oft war, wie wenig ich Dein Leben mitgedacht habe, wenn ich erbost war, enttäuscht oder, was das Schlimmste ist: gleichgültig. Ich habe irgendwann vergessen, dass auch Du »ich« zu Dir sagst, dass Du ein verdammt schweres und ungerechtes Schicksal hattest.

Heute erkenne ich auch, und dies ohne Schmerz, dass Du mich nicht so geliebt hast, wie Du es vorgegeben hast. Da man sein Kind zu lieben hat, hast Du es geliebt, aber nicht mit der Ausschließlichkeit, der Unbedingtheit. Es ist kein Vorwurf, aber sein Neugeborenes in den ersten Monaten zu verlassen, es in einem Heim zu »parken«, ist etwas, das nicht jede Mutter tun würde. Aber es war die Zeit nach dem Krieg, und Du hattest so viel mehr verloren als Deine Jugend.

Dein Leben war eine einzige Suche, das ist mir heute klar.

Dass Du schließlich am Ende dieser Suche allein mit Dir und entsetzlich einsam warst, im Universum Deines Seins, das fast ausschließlich aus dunkler Materie bestand, ist die eigentliche Tragödie. Die wenigen hellen Sterne Deines Lebens waren erloschen.

Wo war meine Empathie, vor fünfundzwanzig Jahren, als ich noch aus Verzweiflung über Dich weinen musste? Nachts, in einem unwirtlichen Motel in Genf, weil Du mich scheinbar so böse, so ungerecht, so schlecht behandelt hast? Genau so könnte ich jetzt weinen über die Qualen, die vergeblichen Hoffnungen, die zerstörten Gefühle, die ich in Dir verursacht habe.

»Wenn du die Möglichkeit hättest, einen einzigen verstorbenen Menschen zurück ins Leben zu holen, für wen würdest du dich entscheiden?«, fragte mich vor Jahren einmal meine Frau. Und nach einem kurzen Moment des Nachdenkens nannte ich einen Namen: Es war nicht Deiner, verzeih.

Heute würde ich Dich so gern wiederhaben, um Dir zu sagen, wie sehr Du mir fehlst.

Aber dieser Brief kommt zu spät.

Es umarmt Dich mit unendlicher Liebe und Traurigkeit

Dein Sohn

PS: Vor einigen Monaten habe ich in irgendwelchen Unterlagen das Fragment eines Tagebuchs gefunden, das Du 1984 begonnen hast. Darin schreibst Du unter anderem: *… Lebe jetzt allein und bin dankbar, dass ich wieder gesund bin, und freue mich auf jeden Anruf von meinem lieben Mimi, der am 6.1.1945 um 5.30 früh zur Welt kam und dies mein schönster Tag in meinem oft traurigen Leben war, wenn die Geburt auch sehr, sehr schmerzvoll und lange war. Für etwas Glück muß man eben erst leiden …*

Glossar

abhüten	*jidd.* verschonen
a broch	*jidd.* Bruch, Bruchbude
a miese meschinne gewünscht	*jidd.* jmd. was Schlechtes wünschen
a giten bonjour	*jidd.frz.* Einen guten Tag
a glusel tei	*jidd.* ein Gläschen Tee
a grobber	*jidd.* ein dicker Mann
a grojße sach	*jidd.* iron. Keine große Sache!
Alors, comme je suis responsable	*frz.* Also, da ich verantwortlich bin
a mezije	*jidd.* ein Schnäppchen, günstige Gelegenheit
anus praeter	*lat. med.* vorgelegter Darmausgang
a proster jid	*jidd.* ein einfacher (schlichter) Jude
a sach	*jidd.* viele, ein Menge
a vermegen	*jidd.* ein Vermögen
Auschwitz is nich gewejn keine Besserungsanstalt. Mir sinnen gewejn wie die Ratten in a Käfig. Da hot	Auschwitz war keine Besserungsanstalt. Wir waren wie Ratten in einem Käfig. Da hat man gelernt zu

men gelernt ieber zi leben, hot men gelernt! Da hot es nich gegeben keine Moral! Da hot es nich gegeben nich keine Moral, hot es nicht gegeben! (die typisch jiddische doppelte oder dreifache oder vierfache Verneinung.)	überleben! Da gab es keine Moral!
a stick dreck	*jidd.* ein Miststück
a wichtigkeit	*jidd.* unwichtig
bar-mizwa	*hebr.* religiöse »Mündigkeit« bei Jungen mit dreizehn, bei Mädchen *bat-mizwa* mit zwölf Jahren
bekuwet	*jidd.* anständig, gediegen
bet-tahara	*hebr.* Haus der Reinigung, Totenwaschraum
biscotte	*frz.* Zwieback, geröstetes Brot
bubele	*jidd.* kleiner Junge, Bübchen
boches	*frz.* Schmähausdruck für die Deutschen
broiges	*jidd.* beleidigt
bronfn	*jidd.* Schnaps
Ça va?	*frz.* Alles okay?
C'est affreux	*frz.* Das ist schrecklich
C'est mon fils	*frz.* Das ist mein Sohn
C'est tout	*frz.* Das ist alles

C'est une vrai catastrophe, madame	*frz.* Das ist eine wahre Katastrophe, Madame
quand-même	trotz allem
chaseresch	*jidd.* Schweinkram, von *jidd.* chaser Schwein
chas'we scholem	*hebr.* Gott behüte
cheibe Jude	*schweiz.* Ihr lumpigen Juden!
chevra kadischa	*aram.* Beerdigungsverein
chochem	*jidd.* Kluger, oft iron. Schlaumeier
chochmes	*jidd. iron.* Weisheiten
churbn/churban	*jidd./hebr.* Verwüstung, jiddisch für den Holocaust
cœur dur	*frz.* ein hartes Herz, geizig
coiffeur	*frz.* Friseur
comme il faut	*frz.* richtig, wie es sein soll/wie es sich gehört
couscous au poisson	*frz.* Couscous mit Fisch
désolé	*frz.* bedauere
dir gesugt	*jidd.* ich sage dir …
Du würdest dich ja kümmern?	*jidd.* Du würdest dich *tatsächlich* kümmern?
établissement psychiatrique	*frz.* psychiatrische Anstalt
Eau de Javel	*frz.* aggressives Bleichmittel
ejze	*jidd. oft iron.* Ratschlag
emmes	*jidd.* wirklich, tatsächlich
Er is gefuhren ka Amerike	*jidd.* Er ist nach Amerika gefahren
Et le goût!	*frz.* Und der Geschmack!

franekes	*jidd.* verächtlich für Franzosen
Fehlt mir aus?	*jidd.* Hab ich das nötig?
Freg nich	*jidd.* Frag mich nicht!
ganef	*jidd.* Dieb, Gauner
gebenscht	*jidd.* gesegnet
gekäuft vin ihm	*jidd.* von ihm gekauft
gewiere	*jidd.* Ausdauer
Gib a kick, schau dir jenne an	*jidd.* Guck mal, schau dir (jene) die an
A mieses stick. Der risches kimmt ihr doch schojn arojs vin die Ohren!	*jidd.* Ein mieses Stück, der Judenhass kommt ihr doch schon aus den Ohren raus!
gigot d'agneau	*frz.* Lammkeule
goj	*jidd.* Nichtjude, *pl.* gojim
gojete	*jidd.* Nichtjüdin
gojim naches	*jidd.* nur für Nichtjuden vergnüglich
gojisch	*jidd.* nichtjüdisch
grand crème	*frz.* Milchkaffee
grebzen	*jidd.* aufstoßen, rülpsen
Ich werd dir geben	*jidd.* Jetzt kannst du was erleben!
il a raison	*frz.* Er hat recht
impec	*frz.* Slang für *impeccable,* einwandfrei
It's a stroke, I guess	*engl.* Vermutlich ein Schlaganfall
Ja	*jidd. Syntax,* mit langem »a«

Eine Suppe werde ich ja essen	Obwohl ich wirklich keinen Hunger habe, werde ich mich dazu durchringen und mich zwingen, ein paar Löffel Suppe zu essen, um dir einen Gefallen zu tun. (Das alles steckt in »ja«.)
jachne	*jidd.* verhärmte Frau
jenne	*jidd.* jene, die
Jenner is nich ka jid. Asoj unbetamt as jenner is!	*jidd.* Der ist kein Jude. So uncharmant wie der ist!
Je vous en prie!	*frz.* Ich bitte Sie!
kaddisch	*hebr.* das Totengebet
kallike	*jidd.* kränklich, auch Hypochonder
kelef	*hebr.* Hund
kipurehuhn	*jidd.* Huhn, das am Feiertag verspeist wird
klafte	*jidd.* Nörglerin, bissiges Weib
klotz	*jidd.* grober Kerl
Koma-schwoma	*jidd.* Durch Vorsetzen von »schw« oder »schm« in der Wiederholung wird ein Begriff verächtlich oder unbedeutend gemacht (vegan-schmegan/Trump-Schwump)
lavage	*frz.* Wäsche, hier Waschanlage

Le juifs sont notre malheur!	*frz.* Die Juden sind unser Unglück!
lewaje	*jidd.* Beerdigung
Mach schabbes davon	*jidd.* unwichtig, belanglos
Maman	*frz.* Mama
mame	*jidd.* Mutter, Mama
masel	*jidd.* Glück, *hebr.* mazal, auch mazl
masel tow	*jidd.* viel Glück, Zuspruch für ein glückliches Ereignis
mameleben	*jidd.* das Leben der Mutter, auch ehrenvolle Anrede, aber auch: Mutter, du sollst leben!
meschigge	*jidd.* verrückt, auch *meschugge,* je nach Herkunft
meschugas	*jidd.* Verrücktheit, Irrsinn
mesusa	*hebr.* Schriftkapsel an rechter Türzarge, *pl. mesusot*
mezije	*jidd.* günstige Gelegenheit
miesnik	*jidd./russ.* ein mieser Kerl
mikwe	*jidd.* rituelles Tauchbad
mischpoche	*jidd.* Familie, *hebr. mishapcha*
Moische	*jidd.* Koseform von Moses
Monsieur le commandant	*frz.* Herr Kommandant
Monsieur le capitaine	*frz.* Herr Hauptmann
Monsieur le maire	*frz.* Herr Bürgermeister
nebbich	*jidd.* bemitleidenswert
Nu?	*jidd.* Nun?
Ochet a vergniegen	*jidd.* Auch (k)ein Vergnügen!

On s'occupe de vous	*frz.* Man kümmert sich um Sie
oßer	*jidd.* von wegen
pekl	*jidd.* Paket
pischen	*jidd.* pinkeln
plezl	*jidd.* kleiner Platz, ein Plätzchen
potz	*jidd.* Schwanz, Miststück
rachmunes	*jidd.* Mitleid, bemitleidenswert
rausgefressen	*jidd.* dick, maßlos
risches	*jidd.* Judenhass
rischeskopp	*jidd.* Judenhasser
scénariste, producteur, metteur en scène, quelle vie!	*frz.* Drehbuchautor, Produzent, Regisseur, was für ein Leben!
schabbes	*jidd.* der Schabbat
schadchen	*jidd.* der Heiratsvermittler, Eheanbahner
schlamasel	*jidd.* das Unglück, aber auch Unglücklicher
schicker	*jidd.* betrunken
schiwa (sitzen)	*jidd.* Trauerzeremonie
schlemiel	*jidd.* Trottel, unfähiger Mensch
schmattes	*jidd.* lumpige Klamotten
schmock	*jidd.* Penis, umgspr. Unsympath
schnorrer	*jidd.* Bettler
schojn	*jidd.* schon (na, wenn schon!)

siddurim	*hebr.* Gebetbücher
Sie hot sich ojsgelernt jiddisch	*jidd.* Sie hat Jiddisch gelernt
Soj oder asoj is dus lebn, soj oder asoi is es git.	*jidd.* So oder so ist das Leben, so oder so ist es gut.
takisch	*poln.* ja *(tak)* also »ja-isch«, wirklich
Tant mieux	*frz.* umso besser
Teilacher	*jidd.* Handlungsreisender
tinnef	*jidd.* miese Ware
tojwe	*jidd.* Wohltat, tu mir einen Gefallen
tuches	*jidd.* Hintern, Arsch
überchochmezt	*jidd./österr.* übertrieben
unbetamt	*jidd.* uncharmant, charmfrei
la vache qui rit	*frz.* Die Kuh, die lacht, Streichkäsemarke
Was darf er sugen? Hat er gehabt zures, hat er gedarft schnell aweg-fuhren. Is er dir geblibben schuldig? Er fehlt dir eppes?	*jidd.* Was muss er sagen? Er hat Sorgen gehabt, deshalb musste er schnell wegfahren. Ist er dir etwas schuldig geblieben? Er schuldet dir was?
zocken	*jidd.* spielen, Subst. Zocker
zures	*jidd.* Sorgen

A jiddische mame
(Yellen/Pollack 1925)

ÜBERSETZUNG:

Ich will euch eine Frage stellen, sag mir, wer es weiß
Mit welchem teuren Vermögen segnet Gott einen jeden?
Man kann es mit Geld nicht kaufen, das gibt es nur
umsonst
Und wenn man es verliert, wie viel Tränen werden
vergossen.
Niemand bekommt eine zweite, kein Weinen wird
helfen,
Oh, der es je verloren hat, wird schon wissen, was ich
meine:

Eine jiddische Mame,
Es gibt nichts Besseres auf der Welt
Eine jiddische Mame,
Oh, wie bitter ist es, wenn sie fehlt
Wie schön und hell ist es im Haus, wenn die Mutter
da ist
Wie traurig und dunkel wird es, wenn Gott sie
mitnimmt in die kommende Welt

Ins Wasser, durchs Feuer, würde sie für ihr Kind laufen,
Ihr Teuerstes nicht zu halten ist sicher die größte Strafe,
Oh, wie glücklich und reich ist der, der solch ein
schönes Geschenk von Gott erhält wie eine alte
jiddische Mame,
Oh, meine Mame!

Biographie
256 Seiten
Auch erhältlich als eBook und Hörbuch-Download

Dr. Isidor Geller hat es geschafft: Er ist Kommerzialrat, Berater des österreichischen Staates, Multimillionär, Opernfreund und Kunstsammler und nach zwei gescheiterten Ehen Liebhaber einer wunderschönen Sängerin. Weit ist der Weg, den er aus dem hintersten, ärmlichsten Winkel Galiziens zurückgelegt hat, vom Schtetl in die obersten Kreise Wiens. Ihm kann keiner etwas anhaben, davon ist Isidor überzeugt. Und schon gar nicht diese vulgären Nationalsozialisten.

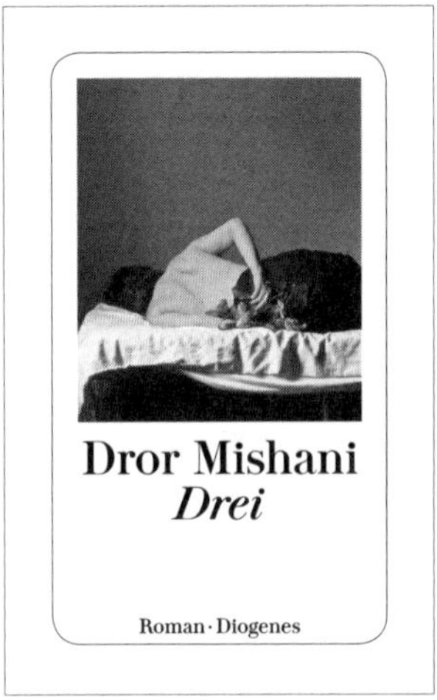

Roman
Aus dem Hebräischen von Markus Lemke
336 Seiten
Auch erhältlich als eBook, Hörbuch und Hörbuch-Download

Eine Frau sucht ein wenig Trost, nachdem ihr Mann sie und ihren Sohn verlassen hat. Eine zweite Frau sucht nach einem Zuhause und nach einem Zeichen von Gott, dass sie auf dem richtigen Weg ist. Eine dritte Frau sucht etwas ganz anderes. Sie alle finden denselben Mann. Es gibt vieles, was sie nicht über ihn wissen, denn er sagt ihnen nicht die Wahrheit. Aber auch er weiß nicht alles über sie.

Roman
288 Seiten
Auch erhältlich als Hörbuch-Download

Motti Wolkenbruch ist ein junger orthodoxer Jude aus Zürich, der sich zum Entsetzen seiner Familie in eine Schickse, eine Nichtjüdin, verliebt. Ein Einblick in eine unbekannte Welt, eine berührende und schelmische Geschichte – mit jiddischem Wortwitz und unwiderstehlichem Humor.

Roman
400 Seiten
Auch erhältlich als eBook, Hörbuch und Hörbuch-Download

Einst war er der »Große Zabbatini«, der 1939 in Berlin als Bühnenzauberer Erfolge feierte, heute ist er ein mürrischer alter Mann in Los Angeles, der den Glauben an die Magie des Lebens verloren hat. Bis ihn ein kleiner Junge aufsucht, der mit Zauberei die Scheidung seiner Eltern verhindern will. Ein bewegender und aberwitziger Roman über verlorene und wiedergewonnene Illusionen.